Le serment sur la moustache

Samuel Piquet

Le serment sur la moustache

roman-pamphlet

Éditions de L'Observatoire

ISBN : 979-10-329-2553-9
Dépôt légal : 2022, mai

170 *bis*, boulevard du Montparnasse, 75014 Paris

À l'intelligence de Bruno Le Maire,
seule capable de comprendre
ce livre en profondeur.

« Quand une société ne peut pas enseigner, ce n'est point qu'elle manque accidentellement d'un appareil ou d'une industrie ; quand une société ne peut pas enseigner, c'est que cette société ne peut pas s'enseigner ; c'est qu'elle a honte, c'est qu'elle a peur de s'enseigner elle-même ; pour toute humanité, enseigner, au fond, c'est s'enseigner ; une société qui n'enseigne pas est une société qui ne s'aime pas ; qui ne s'estime pas ; et tel est précisément le cas de la société moderne. »

Charles Péguy, *Pour la rentrée*

I

« Beaucoup d'insensibilité prend parfois figure de courage »

Pierre Reverdy

« La surprise est l'épreuve du vrai courage »

Aristote, *Éthique à Nicomaque*

— Tu as vu ? Il y a eu un nouvel attentat.

— Ah oui ? Tiens, tu peux me repasser les nouilles s'il te plaît ?

— Non mais là, ça a l'air grave…

— Hein ? Oui, c'est terrible ces attentats, c'est pour ça qu'il faut à tout prix éviter les amalgames sinon on va vraiment diviser le pays.

— Guillaume, des intellectuels et des journalistes ont été visés…

— Toujours *Charlie* !

— Il faut plus qu'un mot d'ordre, maintenant, il va falloir agir.

— OK, je cours acheter des bougies !

— Ne sors surtout pas Guillaume, il y a une insurrection et plusieurs affrontements à Paris, les gens sont devenus fous !

— Encore l'extrême droite, on va avoir la guerre civile à cause d'eux…

— Le siège du RN vient d'être incendié…

— Ah ? Ils l'ont cherché il faut dire…

— Erik Zéneux a été abattu.

— Oui, bon, il s'est mis lui-même une cible dans le dos.

— Zineb a été blessée elle aussi…

— Je ne lui pardonnerai jamais d'avoir dit de tirer à balles réelles sur les banlieusards, certains pourraient être mes élèves, tu te rends compte ? Les flics font ce qu'ils peuvent dans ces quartiers !

— Quel rapport ? Et depuis quand tu défends les flics ?

— Je les défends pas Cécile, je dis qu'ils peuvent pas tout faire, ils ont déjà des factieux à gérer tous les week-ends.

— Mais c'est tout ce que ça te fait, tous ces morts ?

— Pas du tout, j'essaye juste de prendre un peu de recul, c'est tout, je te rappelle qu'on sait pas qui a fait ça, laissons la police faire son travail, ça sert à rien d'accuser les islamistes.

— Quoi ? Mais j'ai rien dit !

— Non, mais tu allais le faire…

— Il faut pas accuser les islamistes quand tout laisse à penser que c'est eux, mais ça te dérange pas de m'accuser pour ce que je n'ai pas encore dit.

— Tu viens de le dire…

— C'est toi qui m'y as poussée !

— Écoute, calme-toi. Tu me rappelles les parents, là. Il ne faut pas céder à la panique, sinon ça voudrait dire qu'ils ont gagné. Les attentats, c'est des faits divers, le meilleur moyen de les arrêter, c'est de ne pas y prêter attention.

— Effectivement, ça a l'air de bien marcher

— Tiens, regarde ce que Wedy Le Plen vient de tweeter : « Lire cet article sur l'enfance des terroristes dans *Mediapartition* pour se ressaisir d'urgence. »

— Ouais, bah plus tard. Oh, tu as vu ? Un journaliste de *Libé* qui se trouvait sur les lieux a été touché lui aussi…

— Quoi ? ! Les salauds ! Ils n'auront pas ma haine !

II

> « Leurs paroles coulaient intarissablement, les remarques succédant aux anecdotes, les aperçus philosophiques aux considérations individuelles. [...] Chacun en écoutant l'autre retrouvait des parties de lui-même oubliées ; – et bien qu'ils eussent passé l'âge des émotions naïves, ils éprouvaient un plaisir nouveau, une sorte d'épanouissement, le charme des tendresses à leur début. »
>
> Gustave Flaubert,
> *Bouvard et Pécuchet*

Après cinq années d'études post-bac plus une de préparation au Capes – obtenu avec les honneurs –, Guillaume avait bien mérité de devenir enseignant et surtout de bénéficier des conseils avisés de l'INSPE – sorte de nouvel IUFM. L'enseignement pédagogique y était exceptionnel et les solutions proposées pour intéresser les élèves étaient très pratiques puisqu'elles incitaient toujours à mettre en application des stratégies pluridisciplinaires qui leur permettraient d'acquérir des compétences transversales. Mais c'est surtout la transmission des connaissances qui était dans ces établissements une véritable mine d'or et qui brossait un portrait extrêmement juste de la société française, sans jamais tomber dans la démagogie.

Ainsi, il put entendre, lors de ces célébrations du savoir, que 30 % des adolescents étaient non-binaires, que, si certains jeunes des quartiers brûlaient des voitures, c'était avant tout pour déclarer leur amour, et que « la liberté des uns s'arrête là où commence l'offense des autres ». Ces fines observations sociologiques, sans lesquelles il n'y avait pas d'enseignement possible, l'aidèrent à cerner le contexte socioculturel dans lequel il allait exercer.

Bien qu'il fût extrêmement attentif à toutes ces remarques, sa concentration fut ce jour-là légèrement éprouvée par la présence, dans l'amphithéâtre, d'une jeune fille tout à fait à son goût bien qu'elle lui tournât le dos. Ce sapiosexuel, à l'instar de Marlène Chaipas, avait toujours rêvé d'une rencontre amoureuse qui fût également intellectuelle, et ce haut lieu du savoir était le cadre idéal : il était à la naissance de la passion ce que la scène de bal était au roman. Il observait la jeune fille avec avidité : son pantalon bouffant et son T-shirt sans forme semblaient témoigner d'une volonté de ne pas exhiber ses avantages autant que d'un désir de se concentrer sur l'essentiel. Ils formaient avec ses cheveux qu'un simple bandeau entourait, à la manière d'une joueuse de tennis du dimanche, une harmonie parfaite que seuls certains professeurs de collège sont capables d'atteindre. Son masque bleu ciel se mariait superbement à son haut jaune poussin (lui-même assorti à son écharpe violette) et cette symbiose de couleurs n'avait rien à envier aux plus beaux tableaux contemporains.

Elle était pleine de promesses et il avait hâte de pouvoir contempler son visage. Pour comble de bonheur, elle intervint à plusieurs reprises pendant le temps des questions avec beaucoup d'à-propos. Le courage avec lequel elle combattait tous les clichés à grand renfort de stéréotypes était admirable.

Aussi se sentit-il tressaillir à l'annonce de la pause. Il ne savait comment l'aborder, mais le destin s'en mêla puisqu'elle profita de ce court intermède pour distribuer des tracts pour Benoît Ahbon, le leader de Figuration·e·s. Cette fois, il en était sûr, cette femme était son double, et lorsqu'elle s'approcha de lui en tendant son prospectus, leurs yeux se rencontrèrent. Un fluide étrange semblait émaner de ce papier qui les reliait fugitivement et sur lequel la photo du fondateur du mouvement leur souriait comme s'il eût lui-même validé cette union. Un frisson le parcourut. Il voyait en sa parka et son sourire béat le signe de sa probité. Quant à sa ligne politique, elle était sans conteste la plus pertinente puisqu'elle proposait l'équilibre parfait entre une aspiration égalitaire à même de combattre avec virulence les excès du néo-libéralisme et une forme d'européisme bon teint apte à en préserver toute la quintessence. Il saisit l'occasion pour lui signifier, la voix un peu tremblante, qu'il était déjà adhérent. Elle le félicita, mais ne put s'attarder, car elle tenait à terminer la distribution avant que les cours ne reprissent. Tout naturellement, pendant la pause déjeuner, ils cherchèrent à se voir pour prolonger leur embryon de conversation. Désireux de se témoigner réciproquement leur haine du surfait et leur amour pour le peuple, ils hésitèrent à se rendre au bar PMU « Au bon coin ». Mais ils s'aperçurent vite qu'il n'y avait que des hommes blancs et il était hors de question pour eux de valider cette domination masculine, et encore moins une approche colonialiste du jambon-beurre. Ils lui préférèrent donc un döner kebab que n'aurait pas renié leur mentor. Et c'est là, au milieu du brouhaha des habitués et des fragrances de friture et d'oignon qu'ils se racontèrent leur vie et leur désir de voir Benoît *se porter candidat.*

Elle s'appelait Louise et elle lui conta comment, lorsqu'elle était étudiante, elle était parvenue avec plusieurs de ses camarades, au nom de la liberté, à empêcher la représentation raciste d'*Eschyle* à la Sorbonne. Il lui raconta fièrement comment, avec quelques camarades de la fac de Nanterre encartés au Parti du Non et de l'Anti (PNA) d'Arno Boliviescente, il était parvenu à empêcher la tenue d'une conférence à laquelle devait participer un ennemi notoire de la démocratie qui comptait bien contester l'autorité idéologique de son interlocuteur. Sur les attentats, ils étaient également du même avis : le bon réflexe était de ne jamais céder aux amalgames, mais de se demander plus finement quel crime avait bien pu commettre la République pour enfanter de tels monstres. Comme ce ne pouvait être la faute de l'islamisme, ils en avaient conclu tout naturellement que c'était celle de la *laïcité revancharde*. Il se sentait si proche de ces *jeunes de banlieue* à qui il ne manquait qu'un peu de bienveillance pour exploiter leur potentiel et faire preuve de résilience ! Il déclara fièrement qu'il serait celui qui les ferait « changer de logiciel ». « Grave », acquiesça-t-elle avant de « rebondir » sur ses propos liminaires, en ajoutant qu'il était « urgent de dépoussiérer les pratiques pédagogiques ». Chaque phrase prononcée par l'un était aussitôt validée par l'autre, et il ne se trouva pas un seul sujet sur lequel ils ne fussent d'accord. Il ne put réprimer un léger frisson lorsqu'elle croqua si goulûment dans son sandwich qu'un peu de sauce blanche s'échappa de sa bouche jusqu'à la commissure des lèvres.

Le plaisir qu'ils prenaient à échanger était si grand qu'ils décidèrent, bien que ce sacrifice leur coûtât, de se priver de celui d'assister aux cours de l'après-midi. En bons pédagogues, ils espéraient tous deux que ces longues heures de théorie pussent déboucher sur un minimum de pratique.

III

> « Il a chassé le naturel, le naturel n'est pas revenu. »
>
> Jules Renard, *Mémoires*

Le nez de Louise, encore plus affirmé que celui de Cléopâtre et érotisé par sa récente et longue dissimulation sous un masque, le charma d'emblée. Il aimait aussi son assurance et la force de ses convictions. Il sentit monter en lui une irrépressible envie de l'embrasser qu'il contint en pensant aux conséquences irréversibles que cela pourrait avoir sur sa carrière si l'on apprenait qu'il avait tenté de toucher labialement une fille sans son consentement. Il avait envie de lui dire à quel point il la trouvait belle, mais cela pouvait s'apparenter à du harcèlement... Il se tut et se contenta alors de la fixer dans les yeux pour lui signifier son amour, mais soudain il se reprit : les regards trop appuyés ne pouvaient pas moins être considérés comme des agressions que le reste. Il hésita longuement : il avait l'impression que ses sentiments étaient partagés, mais rien ne lui prouvait qu'il ne se fourvoyait pas.

Il s'efforça de se focaliser sur des choses désagréables pour dissiper son désir. Il pensa à la guerre en Syrie, à Michel Fourniret, à Christophe Maé, mais rien n'y faisait : à peine avait-il achevé d'y penser que l'image de sa main glissée dans la culotte de Louise ressurgissait. Heureusement que Caroline de Pussie n'avait pas accès à ses pensées, songea-t-il en frémissant.

Quelques minutes plus tard, il se bénit d'avoir opté pour l'inaction lorsqu'il entendit celle qu'il aimait déjà qualifier le baiser sans consentement de « viol labial ». La discussion avait dévié sur le féminisme et il comprit qu'il avait affaire à une militante sans concession. Elle remarqua son trouble et ses regards amoureux, et elle fut touchée par ses précautions. Elle eut même, l'espace d'un instant, une furieuse envie de lui hurler au visage : « Bouffe mon clito, pas la planète ! » Fort heureusement, elle aussi se reprit. Devancer les désirs des hommes n'était pas moins une perpétuation du patriarcat le plus rance que d'y céder.

En rentrant, il rédigea une *demande de fréquentation* en bonne et due forme qu'il téléchargea sur le site Iel·le·s·tou·e·s·tes et qu'il envoya en recommandé avec accusé de réception à Louise. L'attente fut longue. Mais quelques jours plus tard, il reçut une réponse qui le transporta d'aise. Louise acceptait de le fréquenter sous certaines conditions. Qu'il s'engage à la seconder dans son rôle de « cheffe de projet de la charge mentale », qu'il utilise l'écriture inclusive dans ses propos, qu'il évite le « mansplaining » quand elle parle, afin de ne pas l'« invisibiliser dans le couple », qu'il ne l'offense pas par des propos discriminants envers les minorités, qu'il s'engage à ne jamais prononcer les mots suivants : « Erik Zéneux », « misérabilisme », « islamogauchisme », « néoféminisme » et « racisme anti-Blancs », qu'il n'emploie jamais le mot masculiniste « pénétration » et qu'il lui préfère toujours le terme plus égalitaire de « circlusion », qu'il s'engage à déconstruire sa masculinité toxique en suivant au minimum cinq stages d'émasculation de virilité animés par Maïa Majorette, qu'il lui promette de ne jamais se masturber en pensant à elle, qu'il se dénonce toutes les fois où il rêverait de situations dans lesquelles il ferait des choses pas *jolies jolies* avec d'autres femmes, et enfin qu'il sache parfaitement, et sans modèle, dessiner un croquis du clitoris. Il accepta sans hésitation et signa au bas de la page après avoir apposé la mention « lu·e et approuvé·e ».

Les deux amoureux se donnèrent rendez-vous le lendemain à Opéra. Guillaume était dans un état confinant à l'extase, mais il ne savait pas quand, très exactement, il pourrait considérer que l'accord écrit prenait effet. Fort heureusement, Louise se chargea de tout. Alors qu'ils étaient assis dans un café et qu'elle louait les qualités de Clémentine

Hautaine, elle lui prit la main. Échauffée par son désir autant que par son propre discours, elle l'embrassa sauvagement juste après avoir clamé : « De toute façon, les hommes sont tous des harceleurs ! »

IV

« Et ce qu'il y a de plus étrange, c'est qu'au milieu de tous ces excès, souvent, on s'imagine être vertueux, parce que, dans une licence qui n'a point de bornes, on compte parmi ses vertus tous les vices dont on s'abstient. »

Jacques-Bénigne Bossuet,
Sermon du mauvais riche

Louise tenait à ne pas s'installer chez Guillaume afin de briser le continuum de soumission des femmes au patriarcat systémique. Mais leur salaire de professeurs ne leur permettant pas d'assumer deux loyers sans sacrifices de toutes sortes et l'appartement de Guillaume étant plus grand et confortable que le sien, elle se résolut, au bout d'un mois de relation, à faire une entorse à ses principes, à condition que son nom apparût sur le bail et que les deux amants n'évoquassent jamais ce bien sans préciser qu'ils étaient tous deux locataires. Louise ne manqua toutefois pas de répartir le loyer en fonction de leurs points de privilège. Étant une femme, ayant une arrière-grand-mère libanaise et pouvant donc être considérée comme « racisée », et ce statut évident de dominée s'ajoutant à celui de femme bisexuelle – bien qu'elle n'eût, pour le moment, jamais vécu la moindre expérience lesbienne –, elle considéra n'avoir à payer qu'un cinquième des 1 200 euros mensuels que Guillaume versait à son bailleur pour avoir la chance d'habiter la capitale, à Marx-Dormoy, dans vingt-cinq mètres carrés.

Bien que le quartier fût réputé pour son insécurité, Guillaume aimait répéter à ses amis que c'était une légende urbaine répandue par les xénophobes, et la preuve était qu'il n'avait jamais été agressé. Les dealers et les toxicomanes qui squattaient sa cage d'escalier étaient d'ailleurs tous « très sympathiques ». Il était assez fier de cette touche de folklore qu'ajoutait au tableau de son quartier le quotidien misérable de ces descendants d'immigrés floués par le destin. Et lorsque ces derniers répondaient poliment à son « bonsoir », il avait le sentiment du devoir de vivre-ensemble accompli et ne pouvait s'empêcher de penser, en les contemplant de son œil de bourgeois bienveillant, inclusif et engagé : « C'est beau, tout de même, la diversité ! »

Louise vivait mal cette situation de dépendance locative perpétuant un système oppressif. Elle ne manquait jamais de se justifier à la moindre remarque évoquant de près ou de loin son concubinage. Elle n'avait même pas la compensation de contribuer davantage que son conjoint au loyer. Heureusement, elle pouvait se consoler en économisant un peu d'argent chaque mois et elle savait pertinemment que rien ne pourrait jamais changer sans cette donnée essentielle. Or elle était déterminée à faire progresser la cause des femmes par tous les moyens. À la réflexion, elle était déjà bien gentille de ne pas lui faire payer le *care* à chaque fois qu'elle remplissait le lave-vaisselle.

V

« Vieille tartine de la culpabilité contemporaine, qui règne dans les milieux de la culture, au ministère de l'Éducation, dans les lycées et collèges : on pense qu'il suffit de ne pas assumer son statut d'intellectuel pour respecter l'autre. On singe une égalité qui n'existe pas, ce qui permet de se passer de tenter de la réaliser. »

Pierre Jourde,
La Littérature sans estomac

Pour son année de stage, Guillaume avait été nommé dans un établissement « difficile » de Seine-et-Marne dans lequel il était bien décidé à mettre en pratique ses théories révolutionnaires sur l'enseignement. Seuls les trajets étaient longs et fatigants. À côté de la carte de France installée dans sa salle, il avait accolé celle de la Belgique pour symboliser la francophonie et l'union entre les peuples européens, le tout en annihilant la tentation de céder au nationalisme et à la chimère de la culture française, tentation dont le président Omacron avait rappelé l'inanité avec sagesse. Pour s'attirer les faveurs des élèves comme pour affirmer haut et fort son appartenance au Camp du Bien, il entreprit de débuter l'année par une séquence proposant de « décoloniser, dégenrer et désexualiser *Les Fleurs du mal* de Charles Baudelaire ». Après avoir montré aux élèves combien il était misogyne de faire de la chevelure un attribut *genré* et de mépriser ainsi toutes les femmes qui n'ont pas les cheveux longs par choix ou par maladie, il attira leur attention sur le racisme décomplexé de l'auteur et son appropriation culturelle teintée de colonialisme dans des poèmes comme « À une Malabaraise » ou « Parfum exotique ».

Enfin, il termina la séquence par la réécriture du début de « L'Invitation au voyage ». Il confia « la prise en charge de la lecture » à l'un des moins bons élèves de la classe afin de s'assurer que le génie baudelairien ne l'emporterait pas sur la défense de l'égalité et n'anesthésierait pas les velléités de justice et d'indignation de ses élèves. La victime désignée ânonna donc :

Mon enfant, ma sœur,
Songe à la douceur
D'aller là-bas vivre ensemble !
Aimer à loisir,

Aimer et mourir
Au pays qui te ressemble !
Les soleils mouillés
De ces ciels brouillés
Pour mon esprit ont les charmes
Si mystérieux
De tes traîtres yeux,
Brillant à travers leurs larmes.

Là, tout n'est qu'ordre et beauté,
Luxe, calme et volupté.

Guillaume était ravi de pouvoir éclairer la vue de tous ces dominés qui s'ignoraient.

L'apostrophe « mon enfant, ma sœur » révélant le patriarcat de l'auteur par sa volonté de posséder la femme et perpétuant la culture du viol par l'association malsaine entre relation amoureuse et incestueuse, il proposa de la remplacer par une expression plus inclusive. De même, il fit remarquer aux élèves que la « douceur » était un terme relevant du *male gaze* qui contribuait à distinguer l'homme de la femme et à ancrer les stéréotypes dans l'imaginaire collectif. Quant à l'adverbe de lieu « là-bas », il marquait une désignation péjorative de l'ailleurs, presque dénigrante ; comme si les pays étrangers n'avaient pas leur identité et leur culture propres, comme s'il existait une hiérarchie dans les civilisations !

L'expression « aimer à loisir » faisait bien évidemment l'impasse sur le consentement nécessaire à toute relation amoureuse égalitaire, et l'allusion à la mort dans le vers suivant était discriminante pour tous ceux qui étaient mal à l'aise avec l'idée de fin de vie. « C'était l'époque étrange où l'on refusait d'utiliser les *trigger warning* », expliqua-t-il. En plus de réifier la femme, la comparaison « au pays qui te ressemble », aux relents nationalistes, semblait acter une préférence identitaire voire une assignation à un pays en fonction de la couleur de peau. L'adjectif « mouillés » au vers suivant était une allusion érotique réduisant encore une fois la femme à son sexe, voire à son organe génital et reproducteur, et ostracisait toutes celles qui se revendiquaient d'une culture pudique. L'expression « brouillés » était très péjorative et participait au *déclinisme* ambiant, le terme « charmes » insistait inutilement sur la connotation méliorative des mots masculins et l'adjectif « mystérieux » méritait d'être remplacé par un plus moderne et positif « inspirant ». Enfin, le mot « traîtres » était haineux et sous-entendait bien évidemment que la femme était l'origine du mal, ce que l'allusion aux « larmes » confirmait, en ajoutant l'idée qu'elle ne serait bonne qu'à pleurer du fait de sa sensiblerie. Quant au refrain du poème, « Là, tout n'est qu'ordre et beauté/Luxe, calme et volupté », c'était un condensé des pires tares de notre société. L'appel à l'« ordre » était une façon de vanter la sécurité, de légitimer la violence par la police voire d'accéder aux revendications de la *fachosphère*. L'allusion à la beauté était discriminante pour les personnes qui ne se vivent pas comme belles, c'était aussi une injonction à correspondre aux canons de la société et une exaltation déguisée du maquillage et de l'épilation. L'éloge du luxe, enfin, constituait une véritable agression et une offense pour toutes les personnes précaires. Quant à l'évocation de la volupté, ce n'était qu'un moyen de transformer le désir masculin toxique en qualité.

Après avoir collecté les différentes propositions des élèves, Guillaume fut donc en mesure de réécrire un texte poétique inclusif, le tout en restant baudelairien et en ne trahissant aucune des idées et inspirations du poète. Le résultat était plus que probant :

Mon ami·e, mon influenceur·se
Songe au côté agréable
De rester ici dans ce safe space du vivre-ensemble !
Aimer de façon consentie,
Aimer pour toute la vie
Sur ce territoire qui rassemble !
Les soleils trempés
De ces ciels de différentes couleurs
Pour mon esprit ont la séduction
Si inspirante
De tes jolis yeux
Brillant à travers les rayons.
Ici tout n'est que paix et bonté
Égalité, cocooning et pudicité

Inexplicablement, les élèves étaient assez peu réceptifs aux envolées lyriques égalitaristes de leur professeur et si l'on entendait parfois les mouches voler, c'est surtout parce qu'on était à la campagne et qu'il y en avait beaucoup.

VI

> « Les gens qui sont possédés par une seule idée m'ont toujours spécialement intrigué, car plus un esprit se limite, plus il touche par ailleurs à l'infini.
> Ces gens [...] construisent avec leurs matériaux particuliers et à la manière des termites, des mondes en raccourci d'un caractère tout à fait remarquable. »
>
> Stefán Zweig, *Le Joueur d'échecs*

Guillaume voyait avec soulagement les vacances de la Toussaint se profiler lorsqu'il apprit qu'un journaliste de *Mediapartition* souhaitait visiter l'établissement et rencontrer de jeunes collègues nouvellement arrivés afin de valider, par le biais de courtes citations, un article déjà rédigé sur l'importance de l'innovation pédagogique. Guillaume rêvait secrètement que ses fines observations pussent un jour être publiées, et son rêve ne tarda pas à se réaliser tant le journaliste en question se heurta avec stupéfaction à un milieu volontiers conservateur qui coïncidait assez peu à l'image qu'il se faisait de la gauche. Un milieu qui, dans sa très grande majorité, n'avait pas eu moins de difficultés à apprécier à sa juste valeur la judicieuse réforme de Najat Ballot-Bécassine que les discours réactionnaires de Jean-Michel Vainqueur. Un milieu qui s'accrochait encore dans sa majorité à des concepts aussi ridicules et rétrogrades que la transmission des savoirs ou l'exigence. Voire à des objectifs carrément hostiles à la pensée bruxello-libérale, et inutiles à la société de consommation comme « penser par soi-même ».

Bref, ces professeurs, dont la légitime compassion pour les damnés de la Terre était sans doute un peu érodée par leur exposition quotidienne au réel, ne faisaient décidément pas l'affaire. Fort heureusement, le journaliste put s'appuyer presque exclusivement sur les réponses de Guillaume pour légitimer son article. Mais comme il était parfaitement scrupuleux, il ne put se résoudre à en rester là et demanda au jeune professeur s'il ne connaissait pas d'autres collègues partageant ses opinions, afin qu'on ne l'accusât pas de ne citer qu'une seule source, ce à quoi le jeune homme, ravi de pouvoir lui présenter Louise, et ne se doutant point que le destin s'en mêlerait, répondit par l'affirmative.

C'est ainsi que le lendemain, Guillaume ouvrit la porte de son appartement à celui qu'il croyait être le journaliste rencontré une semaine plus tôt dans son établissement. Quelle ne fut pas sa surprise de voir Wedy Le Plen en personne pénétrer dans son logis ! Si Arno Boliviescente, Jean-Luc Mélengeons et Benoît Ahbon prêchaient dans le désert depuis des années, Wedy était sans aucun doute celui dont ils n'étaient même pas dignes de peigner la moustache. Cette moustache était pour le jeune enseignant la preuve irréfutable de sa sagesse, et ces yeux rieurs le signe d'une profonde générosité. Une immense aura se dégageait de ce saint homme qui pénétra dans le couloir avec la même prestance que Jésus lorsqu'il entra dans Jérusalem. Il était certes dépourvu d'âne, mais si les pierres restèrent muettes, Louise ne put s'empêcher de laisser échapper un cri qui tenait autant de la stupeur que de l'admiration.

Elle le regardait déambuler : sa démarche chaloupée, le costume vert couleuvre qu'il portait ce jour-là et qui n'avait rien à envier aux plus belles tenues des contrôleurs de la RATP, sa chemise ouverte qui laissait entrevoir son torse velu, tout était marqué du sceau de l'élégance. Ses cheveux, coiffés en arrière et qui tenaient tout seuls sur sa tête, donnaient l'impression qu'il pouvait se saisir d'un micro à tout moment pour pousser la chansonnette, et ce physique de crooner n'était pas le moindre de ses atouts. Ses yeux constamment plissés semblaient photographier sans cesse tout ce qui l'entourait et attester de l'inépuisable esprit d'analyse qui le caractérisait. Mais ce qu'elle adorait par-dessus tout, c'était ses moustaches épaisses qui étaient autant un témoignage vivant de son amour du multiculturalisme qu'un hommage vibrant à la communauté portugaise. Sur n'importe qui d'autre que Wedy, Louise n'aurait pas supporté cet affichage de virilité. Mais sur ce grand prophète, elles étaient d'autant plus voluptueuses qu'elles dépassaient du masque de Wedy que ce dernier avait sensuellement abaissé. Elles parurent à Louise extrêmement douces et soyeuses et ce devait être un plaisir ineffable que d'y poser ses lèvres. Si elle en avait eu le pouvoir, elle l'aurait fait canoniser sur-le-champ. Mais l'émotion fut plus grande encore lorsqu'il ouvrit la bouche pour la saluer. Il mettait dans chacun de ses mots une telle conviction qu'elle tressaillit lorsqu'il lui dit bonjour et faillit lui répondre qu'il avait tout à fait raison.

Il s'entretint avec Louise pendant de longues minutes sous les yeux admiratifs de Guillaume qui les écoutait religieusement. Le discours de sa compagne était un écho au sien, mais il avait quelque chose de plus offensif, de plus persuasif et de plus immédiat, bien qu'il ne fût pas à la hauteur de celui de Wedy Le Plen, car il lui manquait ce mouvement de tête qui venait ponctuer chacune de ses phrases et cet air satisfait d'avoir annoncé la vérité du monde.

M. Le Plen répéta plusieurs fois que ses remarques pertinentes l'avaient charmé et quelques semaines plus tard, il proposa à Louise d'écrire quelques piges pour la rubrique « Éducation » du site. Elle fut un peu réticente au départ, car elle craignait que cette surcharge de travail n'affectât leur vie de couple et s'interrogeait sur sa légitimité à écrire des articles de presse, mais les arguments de M. Le Plen finirent par la convaincre. Après tout, M. Nullard avait bien été chargé par le PS de rédiger le projet éducatif en 2012, cela prouvait bien que les compétences, en matière de politique comme de journalisme, étaient largement superflues. Pour achever de la convaincre, Wedy lui dévoila son secret, son arme fatale. Plutôt que de s'inquiéter de la situation, ce qui n'était que rarement populaire, il combattait ceux qui s'en inquiétaient.

VII

« La modernité occidentale apparaît donc comme la première civilisation de l'Histoire qui ait entrepris de faire de la *conservation de soi* le premier (voire l'unique) souci de l'individu raisonnable, et l'idéal fondateur de la société qu'il doit former avec ses semblables. »

Jean-Claude Michéa,
L'Empire du moindre mal

Guillaume essaya de se plonger dans la campagne présidentielle pour oublier ses déboires professionnels. Benoît Ahbon s'étant retiré de la vie politique et Philippe Grospoutou ayant des chances assez réduites d'accéder au second tour, il milita activement pour Sandrine Cadet-Rousselle, se rendit à tous ses meetings et suivit la primaire écologiste de près. Les primaires ouvertes étaient le plus bel exercice démocratique qui eût jamais été inventé. La désignation de la candidate Ségolhyène Déloyale en 2007, grâce à un taux d'inscription record de militants de dernière minute, en était la preuve absolue. Comment ne pas songer, après un tel succès, à étendre ce magnifique concept ? Cela avait le triple avantage de permettre aux citoyens lambdas de jouir des mêmes privilèges que les militants engagés aux côtés des politiques depuis plusieurs années – souvent dans le seul but de pouvoir influer sur la vie interne au parti –, de pousser à bout le concept de démocratie en laissant les sondages décider du vote et de consolider l'unité du parti en se limitant, la guerre des ego étant définitivement terminée, à plusieurs candidats défendant des idées antagonistes dans la communion la plus totale, celle de l'antipopulisme.

Chaque semaine, après le débat, chaque candidat pouvait évaluer la popularité de son programme dans les sondages, sans jamais chercher à le réajuster ou seulement à la marge, par pure conviction politique.

Le programme de Sandrine Cadet-Rouselle le ravissait, notamment sa proposition de loi sur le droit au plaisir. Celle-ci prévoyait entre autres le remboursement des sex-toys pour briser le tabou du plaisir féminin et des peines de trois à cinq ans de prison pour les hommes n'ayant jamais procuré d'orgasme à leur femme, peines assorties d'un mois de stage à Iel·le·s·tou·s·tes. Mais c'est sa volonté de transformer le français en langue inclusive qui le persuadait définitivement, en tant que professeur de lettres, qu'elle avait tout compris. Loin de se contenter de l'ajout des pronoms neutres ou de l'obligation des points médians, elle avait le mérite de vouloir révolutionner le lexique. Il était particulièrement sensible à sa proposition de remplacer toutes les expressions discriminantes, notamment celles contenant des propos sexistes ou spécistes. De même, il ne voyait pas d'autre candidat qu'elle défendre avec une telle empathie les animaux. Elle avait d'ailleurs adopté récemment deux tigres blancs, car cela lui permettait « de mieux les surveiller ici qu'en Asie ». Il aimait par-dessus tout son projet consistant à instaurer « la dictature du minoritariat », le slogan qui l'accompagnait « Tous les hommes blancs naissent égaux en racisme » ainsi que la nouvelle devise de la France qui proposait de remplacer *Liberté-Égalité-Fraternité* par un plus inclusif : *Tout·es le monde/les personnes il·elles est/sont beau·elles, Tout·es le monde/les personnes il·elles est/sont gentil·les.*

Enfin, sur la question climatique, elle était également la seule à décréter le « Greta d'urgence ». Mais le plus important pour Guillaume était ailleurs. À la suite d'un long travail en commun avec ses élèves, il était parvenu à rédiger tout seul une admirable *Marseillaise* inclusive à laquelle il ne manquait que le rythme, la cohérence et les rimes, ces vestiges élitistes et bourgeois d'un autre temps. Il eut l'idée de la montrer à Sandrine à la fin d'un meeting et celle-ci trouva l'idée délicieusement *radicale.*

Pendant un court instant, il se sentit comme l'enfant prodige d'une union entre Serge Gainsbourg et Caroline de Pussie puis il se reprit, se souvenant que le chanteur était avant tout un harceleur.

Le triomphe de Guillaume fut total lorsque Sandrine choisit d'inclure cette nouvelle *Marseillaise* dans son programme et d'en faire lecture au meeting suivant. Cet avènement remplit de fierté Louise bien qu'elle regrettât l'omniprésence de la langue française qui était sans doute un peu agressive pour les étrangers et les migrants. C'est avec délectation que Guillaume entendit une semaine plus tard la candidate-sorcière annoncer la lecture de ce nouveau « symbole de la synergie entre les communautés diverses qui forment cette entité administrative qu'on appelle France, mais qu'on aurait pu aussi bien appeler autrement par refus *radical* de toute forme de nationalisme ».

Allons personnes qui menstruent ou pourvues d'une prostate de la Matrie européenne
Le jour de la Bienveillance est arrivé
Contre-nous de la stigmatisation
L'étendard climatosceptique est levé
(L'étendard climatosceptique est levé)
Entendez-vous, dans nos centres-villes
Mugir ces féroces nazillons du repli sur soi
Qui viennent jusque dans nos pensées sans taches
Offenser nos minorités non binaires et nos compagnons du vivre-ensemble

Au dialogue, citoyens du Nouveau Monde végan et inclusif
Formez des rondes non mixtes et tenez-vous la main
Progressons
Progressons
Qu'un sang réactionnaire abreuve nos Vélib' !

Guillaume ne put s'empêcher de verser quelques larmes en entendant Sandrine prononcer ces paroles.

Le congrès LR, quant à lui, n'avait rien à envier aux heures les plus glorieuses des *Chiffres et des Lettres*. Tout juste les participants de l'émission étaient-ils légèrement plus jeunes et plus cultivés, mais tout aussi drôles. Les cinq *projets de société* des candidats à l'investiture différaient autant entre eux que cinq allocutions de Jean Castex sur le Covid. Désigné « meilleur d'entre les mous » par ses amis, Xavier Pépertrand rappela à quel point il était bien gentil de s'être abaissé à participer à l'investiture LR et promit que la présidence de la République était moins une ambition personnelle qu'un devoir citoyen vis-à-vis de tous les Français. Mais dans ce monde ingrat, sa générosité ne reçut que peu d'écho. Curieusement, ses concepts pourtant lumineux de souverainisme européen et de socialflexibilité peinèrent à convaincre les Gaulois réfractaires. Il essaya alors de se présenter en candidat de la France populaire et assura notamment qu'il avait « un très bon ami ouvrier », mais rien n'y fit. Le deuxième tour opposerait Erik Giotto à Valérie Progresse. Qui d'autre que lui pourrait désormais « porter un véritable projet progressiste » si ce n'est LR, le PS, les écolos et Omacron ? Xavier en était sûr : la France avait manqué son rendez-vous avec l'Histoire.

VIII

> « Nos fils, dis-je, oublient qu'ils risquent de rompre inutilement, dangereusement, avec un passé trop proche, trop étroitement uni par des liens secrets à leurs épreuves, à leurs déceptions, à leurs malheurs, au tragique de leur propre destin. »
>
> Georges Bernanos,
> *La Grande Peur des bien-pensants*

La dernière semaine de cours de Guillaume avant les vacances de la Toussaint fut marquée par le succès. Grâce à lui et au travail de quelques parents d'élèves réellement progressistes, le collège avait mis fin à une insoutenable situation d'exclusion et de stigmatisation. Ils avaient obtenu gain de cause malgré l'opposition des « réacs » qui voulaient empêcher une jeune fille de 14 ans d'intégrer une classe de troisième uniquement car sa carte d'identité, ne tenant aucun compte de son identité de genre et de son âge ressenti, indiquait qu'il s'agissait d'un homme de 34 ans. Non seulement il était fier d'avoir rendu justice aux sentiments de cette jeune fille, mais il ne prêta pas foi non plus aux rumeurs absurdes qui suivirent et qui prétendaient que l'individu en question aurait agressé plusieurs élèves dans les vestiaires du gymnase et les douches de la piscine. Il ne comprenait pas qu'on pût à ce point réprimer les jeunes dans leur volonté d'affirmer leur identité. Il avait d'ailleurs accédé volontiers à la demande d'une élève de quatrième qui se sentait *mégenrée* et souhaitait désormais qu'on ne l'appelât plus Charlotte, mais Abed-Nego.

Guillaume avait toujours autant de difficultés à instaurer l'autorité dans ses cours et se sentait parfois un peu découragé. Fort heureusement, sa relation avec Louise lui permettait continuellement de perfectionner ses pratiques. Ils vivaient tous les deux une osmose intellectuelle qui ne semblait jamais devoir prendre fin. Ils commençaient toujours leurs soirées en évoquant brièvement leur journée de cours, ce qui leur prenait en général à peine plus de deux heures, puis ils abordaient des sujets de société sur lesquels ils étaient toujours d'accord et s'interrogeaient sur la possibilité de les évoquer en classe. Naturellement, ils promouvaient tous les deux l'écriture inclusive. Mais l'exercice était délicat et leur demandait une vigilance de tous les instants, car le neutre se confondant avec le masculin en français, ils n'avaient par conséquent d'autre choix que d'y avoir recours tout en prenant garde de ne pas trop masculiniser leur discours. C'est la raison pour laquelle ils militaient depuis quelques années déjà pour une réforme de l'orthographe qui instaurerait le genre neutre et l'obligation pour tous les écolier·e·s et les professeur·e·s d'employer le point médian. Sandrine Cadet-Rousselle serait peut-être celle qui parviendrait enfin à *faire bouger les lignes et casser les codes*.

Guillaume fit part à Louise de sa dernière trouvaille : combattre la grammaire sexiste en émasculant les complétives et les relatives de leur « que » afin de les rendre moins viriles. Si beaucoup de ses élèves disaient déjà assez fréquemment, « je vois c'est quoi », il leur apprit à dire aussi « je crois je suis content ». Louise fut si fière de lui qu'elle faillit lui faire une fellation, mais elle se souvint juste à temps que cette pratique contribuait à inférioriser la femme. Elle opta pour la « circlusion » et veilla à être sur lui pendant toute la durée du rapport pour mettre à bas le patriarcat.

Ce soir-là, Guillaume s'endormit satisfait et repu en comptant les Marie-Christine Angot contenus dans le chef-d'œuvre de son *autrice préférée*.

Mais le lendemain, ils eurent leur première dispute de couple. Guillaume reprocha à Louise de refuser systématiquement de porter le masque lorsqu'ils faisaient l'amour. Conscient qu'il avait été trop loin,

Guillaume se répandit en excuses et cet embryon de conflit aurait pu s'arrêter là. Mais il reprit de l'ampleur après que Guillaume eut, sans aucun égard pour le vivant, écrasé une mouche qui se posait depuis plusieurs minutes sur sa tartine de confiture. Louise ne put réprimer un cri d'effroi. Elle ne savait pas ce qui l'agaçait le plus : que son amoureux ait tué sans aucune espèce de pitié un être vivant ou qu'elle ait trahi par procuration Aymeric Poivron. Au lieu de reconnaître ses torts, Guillaume tenta à plusieurs reprises de minimiser son geste, au point que Louise se demanda s'il n'était pas un affreux spéciste. Elle avait déjà senti à plusieurs reprises qu'il trouvait parfois le régime végan qu'elle lui imposait un peu trop strict et commença à remettre en question la pureté de son âme. Elle se demanda même s'il n'avait pas récemment consommé de la viande sans le lui dire. À la seule idée qu'elle ait pu embrasser sans le savoir une bouche ayant englouti un animal, elle fut prise de nausées. Elle était végésexuelle depuis trois ans et ne pouvait concevoir un amour qui ne fît pas preuve de tolérance envers le règne animal. Ce doute se distilla comme un poison dans leur couple. Guillaume avait beau être irréprochable, elle ne pouvait s'empêcher de le voir désormais comme un assassin d'insectes et doutait de plus en plus de sa sincérité militante.

La situation empira lorsque Louise découvrit dans le tiroir de la table de nuit la photo d'un arbre nu que Guillaume concéda avoir réalisée sans l'accord de celui-ci. Consciente qu'il fallait régler au plus vite ces problèmes conjugaux et désireuse de donner une seconde chance à Guillaume malgré cet affront fait à Francis Lalune, Louise lui proposa d'en parler, mais en groupe non mixte afin que chacun pût bénéficier d'une véritable écoute et de conseils avisés. Elle sortit de plus en plus souvent seule avec ses amies et laissait Guillaume à la maison, lequel invitait quelques camarades.

Le résultat fut immédiat : les disputes cessèrent et peu à peu, Guillaume et Louise perdirent même toute occasion d'en avoir.

IX

> « On n'est jamais excusable d'être méchant, mais il y a quelque mérite à savoir qu'on l'est ; et le plus irréparable des vices est de faire le mal par bêtise. »
>
> Charles Baudelaire, *Le Spleen*

Depuis quelques jours, une amie de Louise, récemment séparée de son compagnon, cohabitait avec eux. Guillaume avait accueilli Justine avec bienveillance et générosité. Mais la situation commençait à lui peser, car, par sororité, Louise avait choisi de dormir avec elle plutôt qu'avec lui, jugeant plus opportun de s'occuper d'une dominée que d'un dominant. En tant qu'homme en voie de déconstruction, il avait sagement dissimulé ses réticences et tu ses doutes, conscient que ses petits problèmes de mâle blanc cisgenre ne faisaient pas le poids face à la détresse humiliante d'une opprimée. Il se sentait d'autant plus inutile et impuissant qu'après avoir essayé de consoler Justine par quelques mots d'empathie, il s'était logiquement fait réprimander par sa compagne, qui lui avait rappelé à quel point les conseils condescendants d'un ennemi historique de la cause des femmes en de telles circonstances étaient malvenus. Il n'avait pas non plus osé évoquer avec Louise le fait que la thérapie ait pu à l'occasion se muer en consolation physique. Il avait à plusieurs reprises été réveillé la nuit par les gémissements des deux jeunes femmes, mais avait prudemment choisi le silence, se reprochant même sa jalousie maladive, sa masculinité toxique et ses réflexes bassement patriarcaux. À bien y réfléchir, il était d'ailleurs gêné par la situation bien moins pour des raisons sexuelles que sanitaires.

Ce matin-là, au petit déjeuner, il dut donc une nouvelle fois se contenter d'écouter les deux jeunes femmes en évitant tout *mansplaining*. Les conseils judicieux de Louise étaient une triple leçon de sensibilité, d'empathie et de délicatesse :

— Non puis c'est débile, mais du coup j'doute de moi, j'me trouve moche !

— Attends, ça c'est normal, Justine, quand on n'est plus amoureux, on a tendance à redevenir lucide, c'est tout.

— Lucide ? Ah donc en fait pour toi j'suis moche ?

— J'ai pas dit ça, Justine, au contraire, j'dis juste que t'es pas le genre de poufs sur lesquelles on s'retourne dans la rue.

— J'te rappelle que Bruno m'a accostée dans la rue...

— Oui, enfin toi c'est différent. Et puis Bruno, c'est pas Brad Pitt non plus.

— Merci ! En même temps, vu qu'j'suis moche, c'est normal d'attirer les moches.

— Allez, arrête ! Tu sais bien que c'est mieux comme ça, t'avais rien à faire avec lui.

— Comment ça ?

— Mais attends, il pensait qu'à lui, il t'a traitée comme une merde !

— En gros, j'suis avec un raté, mais il a quand même pas voulu de moi !

— Mais non, c'est toi qui le quittes ! C'est bien ! Tu te laisses pas faire !

— Oui, enfin, j'ai attendu qu'il me trompe et qu'il soit odieux, j'appelle pas ça un franc succès !

— T'en trouveras d'autres des Bruno.

— Ceux-là, je préférerais les éviter !

— Vois le positif, au moins vous ne serez pas restés longtemps ensemble.

— Trois ans quand même !

— Trois ans, c'est quoi ?

— Bah, pour une femme de 30 ans, c'est beaucoup !

— Oui, mais au moins vous n'avez pas eu d'enfants.

— Bah non, j'arrivais pas à en avoir.

— C'est mieux comme ça, vous auriez été obligés de vous revoir tout le temps.

— Ça nous aurait peut-être aidés à rester ensemble…

— Les enfants, c'est une prison, t'es complètement libre maintenant, tu peux refaire ta vie !

— Avec qui ?

— Des personnes pourvues d'un pénis, y en a plein !

— Elles sont rarement attirées par les moches.

— Arrête ! T'as toujours eu du succès.

— J'me sens incapable de me mettre en couple…

— Pourquoi ?

— C'est bête, mais le fait qu'il m'ait trompée, ça me bloque, j'ai l'impression que les mecs sont tous des salauds.

— Oui, bon, là-dessus t'as pas tort.

— Merci de me rassurer.

— Mais qu'est-ce qui t'oblige à te limiter aux mecs ? Tu devrais sortir avec des filles, plutôt, on devrait toutes se mettre en couple avec des filles, y'a rien à attendre des mecs, c'est des connards ! J'suis bien placée pour le savoir.

À cet instant, Guillaume sentit bouillir en lui des sentiments de masculinité toxique assez peu amènes qu'il parvint *in extremis* à réfréner. Il choisit même de leur témoigner sa solidarité en se plaçant du bon côté de l'histoire et s'exclama, triomphal : « Vous avez bien raison les filles ! »

La réponse, unanime, ne tarda pas : « Oh toi, ta gueule ! »

Guillaume eut la lucidité de ne pas ajouter de tentative de « mecsplication » au « manterrupting » et présenta ses excuses aux deux opprimées qui ne les acceptèrent pas. Il regagna sa chambre et attendit patiemment que Justine partît, ce qu'elle fit heureusement moins de trois semaines plus tard.

X

> « Ses discours étaient pleins d'un attendrissement qui redoublait toutes les fois qu'ils se regardaient [...]. Ils cessèrent insensiblement, dans la chaleur de la conversation, d'être vis-à-vis l'un de l'autre. Leurs jambes ne furent plus croisées. Memnon la conseilla de si près, et lui donna des avis si tendres, qu'ils ne pouvaient ni l'un ni l'autre parler d'affaires, et qu'ils ne savaient plus où ils en étaient. »
>
> Voltaire, *Memnon*

Les idées larges et ouvertes de Louise emportèrent très rapidement l'adhésion des internautes. Elle appréciait beaucoup M. Le Plen et celui-là le lui rendait bien. Ils se téléphonaient de plus en plus souvent et Louise se rendait régulièrement dans les locaux de *Mediapartition*. Il ne se passait pas une journée sans que Wedy lui fît un compliment. Au départ, ces flatteries concernaient son style ou la pertinence de ses articles, mais imperceptiblement, elles se ciblèrent sur son physique sans que ce glissement ne fût perçu par la jeune fille. Il faut dire que les compliments avaient toujours pour thème l'élégance : littéraire d'abord, vestimentaire ensuite, plastique enfin. Guillaume avait noté que les visites de Wedy étaient de plus en plus fréquentes à son domicile, mais sa compagne avait prétexté un malentendu à dissiper lié à quelques désaccords assez vifs entre eux.

Or en ouvrant la porte de sa chambre, un jour qu'il était revenu de cours plus tôt suite à l'exercice d'un droit de retrait, il put constater de visu qu'ils étaient tout à fait réconciliés et la position dans laquelle il trouva sa femme lui assura qu'elle mettait en pratique aussi bien le sens du partage qu'elle avait toujours prôné que ses cours de yoga ayurvédique. Cet épisode lui confirma également que la moustache de Wedy, qui, d'ordinaire, semblait si touffue, pouvait en certaines occasions se confondre parfaitement avec le décor voire agrémenter celui-ci d'un délicieux ton sur ton.

Mais pouvait-on reprocher au gourou de coucher avec ses disciples ? Wedy n'avait-il pas mérité quelque reconnaissance particulière, quelque gratitude pour le don qu'il faisait de lui-même au peuple français en combattant toutes les formes de discrimination avec tant d'acharnement ? Ne faisait-il pas simplement preuve de cohérence, lui qui avait toujours assuré qu'un bon journaliste devait *porter sa plume dans la plaie* ? Non seulement Guillaume comprit son geste, mais il le valida presque, car il ne doutait pas qu'en prolongeant ainsi ses piges, Louise pourrait diffuser encore plus largement les idées de la gauche progressiste. Tout le monde peut faire une erreur se répétait-il, convaincu que leur relation allait continuer et toujours aussi amoureux de Louise. Je ne vais quand même pas quitter ce nez alors qu'il me fait encore de l'œil, pensa-t-il, plutôt satisfait de ce bon mot.

Il était également soulagé de n'être plus le seul à avoir quelque chose à se faire pardonner depuis l'épisode de l'assassinat de la mouche et la découverte de son voyeurisme végétal. Hélas, il comprit vite que ce n'était pas qu'une aventure sans lendemain puisqu'il les trouva plongés dans la même réflexion le jour suivant.

Le moins qu'on puisse dire, pensa Guillaume, est que pour une végane, elle semble apprécier les gros morceaux de chair. Wedy était manifestement son prince charmant. Il n'avait pas de cheval, mais il en avait le membre.

XI

« Pourquoi donc les mêmes hommes qui admettent en particulier l'indulgence, la bienfaisance, la justice, s'élèvent-ils en public avec tant de fureur contre ces vertus ? Pourquoi ? C'est que leur intérêt est leur dieu, c'est qu'ils sacrifient tout à ce monstre qu'ils adorent. »

Voltaire, *Dictionnaire philosophique*, « Tolérance ».

Guillaume était prêt à lui pardonner sa récidive, mais Louise prit très mal cette initiative paternaliste et pleine de condescendance. Sous quel fallacieux prétexte s'octroyait-il le droit de pardonner ? Se prenait-il pour Dieu le Père ? Qu'y avait-il à absoudre et quelle était cette nouvelle morale sexiste qui ne disait pas son nom ? Est-ce que, parce qu'elle était femme, elle n'avait pas droit à son lot d'aventures ? Jamais elle ne s'était engagée à ne pas le tromper, elle n'avait aucun compte à lui rendre ! Elle lui reprocha d'ailleurs la réaction qu'il avait eue lorsqu'il les avait surpris tous les deux. N'aurait-il pas dû être flatté qu'elle honore un homme qui luttait-pour-les-droits-des-femmes et contribuait à #libérerlaparole ? Qu'allait penser Wedy de lui ? Le concept de fidélité n'était-il pas une invention du patriarcat pour assujettir les femmes à la dépendance vis-à-vis des hommes ?

Guillaume fut sensible à son argumentaire, mais il fit l'erreur d'oser lui demander quelle réaction elle aurait eue si elle l'avait trouvé dans les bras d'une fille en rentrant du travail. Cette odieuse comparaison entre la situation d'un dominant et d'une dominée acheva de la convaincre qu'elle s'était trompée en se mettant en couple avec un misogyne conservateur qui rappelait les heures les plus sombres de l'Église catholique broyeuse de femmes. Elle était presque résolue à partir, mais dans son immense mansuétude, elle accepta de laisser une dernière chance à celui qui payait l'intégralité du loyer depuis qu'elle avait milité pour intégrer les points de *care* et de charge mentale dans leurs calculs. Louise proposa donc à Guillaume de boire ses règles pour lui prouver son amour et son féminisme. Celui-ci accepta la proposition, mais ne put réprimer une légère moue à l'idée de goûter ce breuvage. Elle ne pouvait tolérer ce rejet de la menstruation, cycle magnifique, normal et naturel, ni le féminisme contrefait de son partenaire. Elle l'accusa d'avoir utilisé ses charmes pour la séduire et le quitta quelques jours avant les vacances de Noël, non sans avoir hésité à porter plainte contre lui sur les réseaux sociaux pour *wokefishing*.

Cette séparation fut un drame pour Guillaume. Il repensa à leur rencontre : peut-être n'était-il pas assez à gauche pour elle. Il s'en voulait de l'avoir offensée deux semaines plus tôt en n'affichant pas un grand enthousiasme lorsqu'elle lui avait suggéré de revêtir un hijab unisexe en soutien aux femmes voilées persécutées par *l'islamophobie systémique* de tous ceux qui n'en avaient cure. Il avait eu le tort également de manifester un peu de sympathie, la semaine précédente, pour François Groland qui était venu dédicacer son livre à la librairie d'à côté et de s'interroger sur la prière de rue que certaines associations souhaitaient instaurer dans leur propre quartier. Louise avait, à juste titre, reçu ces interrogations comme un affront et le doute qui en émanait comme le souffle de *l'islamophobie* et du racisme. Il avait pourtant présenté ses excuses à sa compagne pour ses propos déplacés et avait tenté de mettre cela sur le compte de la fatigue. Mais la maîtresse de Wedy n'avait pas été dupe. Elle savait parfaitement déceler, comme tous les antiracistes authentiques, la xénophobie qui sommeillait en chacun des fascistes.

XII

« La vie, pour lui, signifiait l'action plutôt que la pensée.

Il possédait la plus rare des qualités : le bon sens. »

Oscar Wilde,
Le Crime de lord Arthur Savile

Quelques jours avant les vacances de Noël, le caïd de la classe de quatrième de Guillaume passa à tabac une jeune fille qui avait eu l'affront de lui tenir tête puis le mauvais goût de se moquer de lui devant une partie de ses camarades. Le jeune homme avait logiquement répliqué à cette humiliation et cette absence de soumission. N'ayant aucune parole suffisamment blessante à proposer pour réparer cette insulte, il fut contraint de la rouer de coups, au point qu'on dut transporter la jeune fille en sang à l'hôpital. Devant l'émotion des parents de la victime, le principal n'eut alors d'autre choix que de convoquer un conseil de discipline.

Si autrefois ces scènes de violence envers les filles choquaient Guillaume, il avait maintenant compris que dans certains quartiers, l'atteinte à la dignité de l'homme était bien plus grave que l'atteinte à l'intégrité physique de la femme. Comme tout homme tolérant, il respectait ces pratiques au même titre qu'il entendait qu'on respectât les siennes, raison pour laquelle il avait pris la défense de l'agresseur en conseil de discipline. Le relativisme lui avait appris à distancier ses propres convictions et à accueillir celles des autres avec bienveillance, à la seule condition qu'elles émanassent d'une autre culture que la catholique traditionnelle. Cela ne l'empêchait d'ailleurs nullement d'être farouchement féministe : rien ne le révoltait plus, par exemple, que de constater que les *autrices* étaient sous-représentées au bac de français.

D'ailleurs, il ne manquait jamais une occasion de pourfendre le *laïcisme*, cette laïcité agressive sous laquelle se dissimulaient maladroitement un racisme d'État et, pire encore, une *islamophobie* latente mais non moins violente. Il lui arrivait ainsi régulièrement de fermer les yeux sur le port d'un foulard noir discret qui ne recouvrait que les cheveux, car il tenait à afficher sa tolérance. Il eut même à plusieurs reprises le courage de défendre ses élèves contre l'antisémitisme que certains collègues néo-fascistes leur prêtaient en salle des profs, sous l'unique prétexte que quelques-uns avaient applaudi au nom d'Hitler en classe, évoqué le complot juif comme une réalité scientifique et comparé ces derniers à des animaux. Il avait invoqué leur ignorance en matière d'histoire pour justifier de tels propos avant de prouver de façon incontestable qu'ils ne pouvaient en tout état de cause être racistes puisqu'ils étaient les premières victimes de ce fléau. Il trouvait même qu'ils faisaient preuve d'une impressionnante *résilience* au regard de la situation en Palestine. Il était d'ailleurs certain que l'antisémitisme disparaîtrait totalement de cet établissement d'ici quelque temps puisqu'il n'y avait quasiment plus aucun élève juif.

Guillaume avait en outre peur de perdre l'appui de la classe, que pourtant il n'avait déjà plus, en critiquant trop vertement un des meneurs. Il minimisa donc tant qu'il put la portée de ce geste devant les élèves et chercha même à lui trouver des circonstances atténuantes devant ses collègues, circonstances qu'il s'empressa ensuite de rapporter à l'intéressé pour mieux obtenir son estime.

Pour Guillaume, le plus important avec les élèves était de savoir « dialoguer », ce qui consistait le plus souvent à écouter avec une oreille indulgente leurs récriminations, à accorder du crédit à leurs mensonges et à croire sur parole leurs bonnes résolutions. Il ne fallait jamais oublier qu'ils étaient les nouveaux Misérables.

Les parents de l'élève convoqué eurent beau expliquer, après avoir été particulièrement agressifs à l'endroit du principal et de certains professeurs qui avaient évoqué l'attitude sexiste de leur fils, que leur rejeton respectait plus que tout la gent féminine et l'École de la République, rien n'y fit. Le conseil de discipline se montra bêtement autoritariste, et dépourvu de la moindre compassion. L'élève fut exclu trois jours – dont une demi-journée ferme – mais avec les honneurs, celui d'avoir été soutenu par plusieurs parents d'élèves, un professeur et un surveillant, celui de s'absenter du collège en martyr et victime d'une sanction injuste, ce que les propos de certains adultes avaient confirmé, et celui d'avoir été protégé par ses deux grands frères qui menacèrent plusieurs professeurs à l'issue de la décision et en frappèrent un aux côtes à la sortie du collège. Fort heureusement, aucune plainte ne fut déposée par peur des représailles.

En fin d'année, pour récompenser le principal qui avait si bien fait son travail en n'excluant que quelques élèves temporairement et en suivant toujours sa hiérarchie sans jamais établir de malsaines connivences avec l'équipe enseignante – bien aidé en cela par son passé de comptable du rectorat et sa méconnaissance des réalités de l'école –, on lui offrit, après une année et demie seulement de service, sa mutation pour le prestigieux lycée du secteur ainsi que le livre de l'inspecteur d'académie *Ne vous indignez pas !*

XIII

> « Ne sentirons-nous jamais que le ridicule des autres ? »
>
> Montesquieu, *Lettres persanes*

Sa rupture avec Louise avait rendu Guillaume encore plus casanier. Et la violence de ce qu'il vivait depuis quelques semaines au collège n'arrangeait rien. D'ordinaire avide de nouvelles expériences intérieures, il demeura donc rétif à la proposition de son ami Fred de l'accompagner à son cours de « détox émotionnelle pour une meilleure harmonie des chakras synergiques et un recentrage inspirant ». Mais au bout d'une semaine d'insistance de Fred, il finit par consentir à s'y rendre, de fort mauvaise humeur. N'ayant plus à se contenir devant Louise, il se permettait depuis quelques jours de nombreuses remarques désobligeantes à ses collègues et pendant tout le chemin qui les menait de chez Fred au gymnase, l'amoureux contrarié ne se priva pas pour dire à son camarade tout le mal qu'il pensait de ce cours qu'il s'apprêtait à recevoir.

Ils n'étaient qu'une dizaine dans l'immense gymnase qui tenait lieu de salle de relaxation aux adeptes et dès cet instant, chaque évènement ne fit que confirmer à Guillaume son mauvais pressentiment initial. Le professeur leur souhaita la bienvenue par un discours à la fois bienveillant et solennel : « Bonjour à toutes et tous, je suis très heureux de vous accueillir dans ce cours. Aujourd'hui, nous allons essayer de travailler sur la désouffrance intérieure afin d'aller vers un détachement progressif et définitif des influences négatives et des situations post-traumatiques liées à la récurrence des micro-agressions.

— Bonjour à toi, ô maître ! » s'exclamèrent d'une seule voix tous les élèves. Le maître ne broncha pas et se contenta de répondre : « Nous allons commencer notre premier exercice de méditation. Je vais placer cette courgette au milieu de vous et vous allez la fixer en vous persuadant qu'il s'agit d'une carotte. » Guillaume contint une furieuse envie de demander à quoi ça servait, demande en outre bien inutile puisque le professeur ne tarda pas à préciser l'intérêt dudit exercice : « Si par la seule concentration, vous êtes capables de voir autre chose que la réalité brute, vous pouvez affronter toutes les épreuves et transformer tous les événements négatifs en pensées positives. » Guillaume se retourna brusquement vers Fred qui hocha la tête comme pour lui dire que tout allait bien. Après quelques minutes de silence que tous les adeptes auraient certainement qualifiées de « méditation active en pleine conscience », le professeur rompit la transformation végétale par l'esprit : « Alors, qui commence à voir la carotte ? » Plusieurs mains se levèrent aussitôt. Pas celle de Guillaume, à qui le professeur adressa un regard interrogateur : « Je ne la vois pas encore, mais par contre je la sens venir. Une grosse carotte même », précisa Guillaume. « Très bien, tant mieux. Nous allons passer au deuxième exercice » fut la seule réponse qu'il obtint en retour, aussitôt suivie d'autres consignes : « Vous allez vous lancer ce ballon en vous disant un mot. Surtout, ne réfléchissez pas, dites le premier mot qui vous passe par la tête, ça va vous aider à faire le vide en vous, à laisser sortir tout ce qui a besoin de sortir. » Cette fois-ci Guillaume n'y tint plus : « Excusez-moi, mais ça sert à quoi ? » Le professeur le fixa et lui livra gratuitement un secret qu'un coach de vie aurait facilement pu facturer 2 000 euros hors taxe : « L'important n'est pas le but, mais le chemin. » Puis il ajouta : « Laissez-vous porter par l'énergie collective et acceptez d'être dans l'acceptation pour chasser les pensées négatives et recevoir ce que votre monde intérieur veut vous donner. Puis conscientisez votre adhésion à ce projet à la fois individuel et cosmique. » L'ex-petit ami de Louise parvenait d'autant moins à adhérer au projet que l'exercice avait déjà démarré et qu'il entendait ses acolytes hurler des mots toujours plus incongrus : « centrifugeuse ! », « cure-dent ! », « cônique ! » « sinusoïdal ! » Il observait la scène, un peu incrédule, presque absent, mais fut tiré de ses pensées par un ballon qu'il manqua de recevoir en pleine tête au cri de « loser ! » « Comment ça, loser ? » demanda Guillaume qui sentait l'animosité l'envahir. « Continuez, ne jugez pas », interrompit le professeur. « C'est lui, qui me juge là ! » explosa Guillaume.

— Non, il a dit ce qui lui passait par la tête, ça n'a rien à voir avec toi, il fait juste l'exercice, rassura le professeur.

— Bande d'enfoirés !

— Attention, un seul mot !

— Blaireau !

— Bien, très bien !

— Abruti !

— Attends d'avoir le ballon…

— Crétin !

— Voilà, excellent, maintenant, lâche le ballon et hurle toutes les mauvaises choses que tu as en toi, ça peut être des insultes, tout ce que tu veux, libère-toi de leur emprise aliénante et toxique puis invite-les à trouver la voie de la lumière en les laissant prendre leur envol vers un ciel débarrassé de la matrice malfaisante alimentée par ton système de pensée perverti.

— Pauv'type, connard, espèce d'arnaqueur de merde.

— C'est ça excellent, continue !

— Non, mais je ne joue pas, là, j'te parle, ce sont des vraies insultes !

— Très bien, je sens que tu vas vers plus de sincérité, là, creuse encore ce tunnel de réparation jusqu'aux portes blindées de ton cœur meurtri.

— Putain, mais je rêve, il y croit en plus à son truc.

— Oui, c'est ça, c'est exactement ça, laisse sortir toute l'énergie négative qui est en toi, tous tes doutes, toutes ces frustrations enfouies qui t'obligent à porter un masque social et une carapace affective.

— Enculé !

— Voilà, parfait, continue

— Écoutez, je sens que j'ai besoin d'adjoindre un geste à la parole pour évacuer toute ma frustration.

— Mais bien sûr, c'est légitime, vas-y !

Guillaume lui colla une énorme gifle et sortit sans même attendre Fred.

XIV

> « Les hommes intelligents aiment apprendre, les imbéciles aiment enseigner »
>
> Anton Tchekhov

Après une dernière journée de cours qui lui parut un siècle, Guillaume vit arriver avec soulagement les vacances de Noël. Il se coucha à 17 heures, à peine arrivé chez lui, et fit une sieste de trois heures qui lui permit de constater que la prime REP équivalant à un dixième de son salaire n'était pas totalement usurpée.

Il se sentait pourtant privilégié d'être en congés à une époque où les gens sont pour la plupart contraints d'attendre Noël et où tout le monde insiste sur la chance que cela représente. Mais il les passa à dormir et à anticiper la rentrée, se demandant comment il ferait pour tenir jusqu'à la fin de l'année scolaire tout en affirmant avoir hâte de retrouver ses chers élèves qu'il s'interdisait de critiquer. Subir les moqueries des collégiens était son repentir et les défendre était sa pénitence, il était ainsi sûr d'être adoubé par le Camp du Bien, car il culpabilisait de ne pas habiter en banlieue et pensait se prémunir de toute accusation de racisme en proclamant son amour des « Noirs et des Maghrébins », comme il les appelait si affectueusement.

Pour racheter sa faute d'être né mâle blanc et descendant de colonisateur, Guillaume récitait chaque soir avant de se coucher deux « L'identité de la France c'est sa diversité » et trois « Tout va bien en banlieue, ce n'est pas pire qu'avant ». Pour se persuader que malgré ses difficultés quotidiennes à « faire cours », il n'avait pas échoué, il repensait chaque matin à la phrase de François Godot : « La comédie de l'autorité me fait pisser de rire. » Mais il n'était pas rare qu'il la répétât en étant saisi d'angoisse à l'idée de se rendre en classe le lendemain.

Dès le mois de janvier, un nouveau principal arriva, bien décidé à remettre de l'ordre dans l'établissement. Mais il avait le défaut d'être un ancien professeur de technologie et sa hiérarchie voyait d'un très mauvais œil les rapports plus que cordiaux qu'il semblait entretenir avec les enseignants. En outre, il était si réactionnaire et adepte de la répression qu'il convoquait un conseil de discipline pour la moindre insulte adressée par un élève à un professeur voire pour des coups n'entraînant même pas de blessure grave. Guillaume criait son indignation et clamait hautement qu'il était totalement opposé idéologiquement à cette brute sans cœur, à ce bourreau d'enfants qui contrariait sans cesse l'inventivité des élèves, fût-elle, à la marge, utilisée à mauvais escient.

Il commença à organiser une cabale contre ce tyran déguisé en chef d'établissement, mais il constata avec étonnement que la plupart des parents d'élèves, trop heureux que leur progéniture se soit enfin mise au travail, le soutenaient. Si l'on continuait dans cette voie, il n'était pas impossible qu'à terme les élèves en difficulté devinssent une minorité, au risque de se sentir humiliés, voire contraints d'étudier. Or, plus que tout, l'école était un lieu de liberté et Guillaume était prêt à se battre jusqu'à la mort pour défendre celle de ses élèves à « extérioriser leurs frustrations » et laisser libre cours à leur remise en question citoyenne de l'institution, qu'elle s'exprimât en classe ou dans les couloirs.

Chaque jour, il proclamait à qui voulait l'entendre son bonheur d'intéresser les élèves. On le croyait sur parole : ses cours étaient tellement vivants qu'il n'était pas rare que dans les salles voisines, on s'interrompît pour les écouter.

Son objectif premier était de ne pas noyer ses élèves dans un océan de mots compliqués, mais leur permettre au contraire de s'agripper aux bouées de l'accessibilité du langage. Il leur fit donc étudier des poèmes de Grand Corps Malade et de Booba, et proposa même à son collègue latiniste, dans un élan de transversalité que l'inspecteur aurait validé les yeux fermés et que Najat Ballot-Bécassine – malheureusement remplacée – aurait érigé en exemple de pédagogie disruptive, de se servir de ces textes pour le thème latin, proposition que ce vieil élitiste déclina sous le fallacieux prétexte qu'il préférait étudier des textes « plus exigeants d'un point de vue littéraire », argument qui escamotait mal son rejet des jeunes de banlieue, son manque d'ouverture culturelle et sa stigmatisation des racisé·e·s.

Il ne comprenait pas qu'un professeur de français digne de ce nom ne fût pas capable de reconnaître dans les vers de Booba le génie baudelairien et dans la prose de Grand Corps Malade le digne héritier de Flaubert, de Céline et de Beigbeder.

Il s'indignait constamment de cette récente prolifération des « haineux » et se sentait rassuré de savoir que sa vie à lui pourrait être passée au tamis du Bien sans que le moindre gravillon vint en entacher la pureté. Ce n'était pas un manque de modestie, mais plutôt une certaine forme de lucidité.

Il était fier et heureux de faire avancer la cause progressiste de son époque même s'il regrettait parfois de ne pas avoir vécu pendant la Seconde Guerre mondiale afin que davantage de Juifs fussent sauvés.

Guillaume était un syndicaliste actif, toujours prêt à s'indigner contre la remise en cause du collège unique dont il était la victime quotidienne. Il militait même pour le parcours unique jusqu'à l'université et, en cela, il suivait à la lettre les conseils de l'un de ceux qui lui semblaient le mieux comprendre les problématiques du monde, le secrétaire général du Parti du Non et de l'Anti (PNA), Arno Boliviescente. Il voyait dans son sweat à capuche et son vocabulaire d'adolescent de 15 ans la preuve irréfutable de son amour pour les classes populaires et dans sa volonté de refuser toute alliance avec des partis moins « anti », la démonstration de sa droiture et de son intégrité. Hélas, lui aussi avait déserté le champ politique.

Guillaume luttait contre l'indifférence avec tant d'acharnement que ses élèves n'avaient de cesse d'exprimer à la moindre occasion leurs sentiments avec la sincérité la plus vive. Il était si avancé en pédagogie qu'il ne lui était même plus nécessaire de se servir de son bon sens pour se faire respecter. Mais en tout cela, il avait le mérite de ne s'en accorder aucun : toute la gloire en revenait en effet à l'INSPE, dont la formation était la muse de tout néophyte. Les professeurs de l'INSPE n'étaient jamais là par hasard, il y avait toujours une raison au fait qu'on les ait déchargés de certaines classes.

En outre, cette formation l'aida à relativiser ses difficultés, car il pouvait vérifier chaque semaine combien, en comparaison, ses cours étaient peu ennuyeux. Tout était prévu pour comprendre au mieux les élèves au point que très rapidement, il guetta avec autant d'impatience que ces derniers le retentissement de la sonnerie.

C'est également à l'INSPE qu'il avait appris le secret du métier, à savoir que si le contenu d'un cours était excellent, les problèmes de discipline disparaissaient d'eux-mêmes, car les élèves ne s'agitaient que lorsqu'ils s'ennuyaient, et le moins que l'on puisse dire est que dans ses cours, ce n'était pas le cas.

Il pensait, tout comme les meilleurs pédagogues et grands penseurs de la rue de Grenelle, que tout cours intéressant devait être initié par les élèves eux-mêmes, selon la fameuse méthode inductive et la non moins fameuse idéologie de l'élève au centre ; et dans la plupart de ses cours, il parvenait même à les faire développer et conclure. Il cherchait à convertir à ses méthodes ses collègues qu'il trouvait souvent peu enclins à la remise en cause pédagogique et à *la prise en compte des besoins de l'apprenant*. Il ne comprenait pas, par exemple, que ceux-ci ne vissent pas que c'était tour à tour l'approche des conseils de classe, des vacances, la fatigue, la pluie, le vent, la neige, la chaleur, les marrons tombés dans la cour, la Coupe d'Afrique des nations, l'approche de l'Aïd, le ramadan ou les conséquences de l'année bissextile qui rendaient les élèves nerveux. Quelle importance qu'ils ne progressent jamais ? L'essentiel n'était-il pas de reconnaître leur *potentiel* en validant leurs *compétences* ?

XV

« La lucidité complète, c'est le Néant. »

Emil Cioran

Ces mêmes professeurs qui critiquaient sans arrêt le niveau des *apprenants* ne réagissaient pas lorsque se présentaient de vrais problèmes, notamment lorsque Guillaume les alertait sur le non-respect des consignes sanitaires de tel ou tel élève. Il était le seul à demander régulièrement aux élèves de sixième qui jouaient au foot dans la cour de « bien remettre leur masque » et à leur rappeler qu'à force de négligence, ils auraient bientôt des morts sur la conscience. Il était également le seul à se protéger réellement des nouveaux variants en portant un double masque, constitué d'un FFP2 et d'une protection supplémentaire en tissu. Il reprochait également à ses collègues de ne rien anticiper et par exemple de ne pas redoubler d'attention lorsque certains élèves étaient cas contact de cas contact. On l'avait prévenu que le Premier ministre prendrait bientôt la parole et il espérait que celui-ci allait enfin suspendre les cours.

Hélas, ce soir-là, Jean Cache-Sexe annonça un assouplissement des restrictions. Il était désormais possible de boire son café debout à condition de s'appuyer sur une seule jambe, de tenir la tasse de la main gauche, d'être Sagittaire ascendant Verseau et de groupe sanguin O+. Pour tous les autres, il était indispensable de continuer à le prendre assis, de remettre son masque entre chaque gorgée et de tourner le dos à son voisin d'en face. Les jauges restaient pour le moment les mêmes sauf bien évidemment dans les transports puisqu'une étude récente menée par un groupe de chercheurs LREM avait démontré que le virus détestait les prendre, particulièrement la ligne 13 et le RER D. Un nouveau confinement n'était absolument pas envisagé, mais toutes les solutions restaient toutefois *sur la table*, car il était primordial de n'en exclure aucune. Quant au passe sanitaire devenu passe vaccinal, il était urgent de le transformer en passe médical. Pour l'obtenir, il faudrait désormais, en plus de la troisième dose, justifier d'un rendez-vous dans les trois mois suivants pour la quatrième et être inscrit pour la cinquième avant le 8 octobre 2022 à 20 h 12. Ce passe n'étant pas définitif, il resterait temporaire jusqu'à nouvel ordre.

Le Premier ministre rappela combien il était dangereux de manger des chips dans le train et vanta les bienfaits du jeûne, de la méditation et du téléphone portable. Il égrena également la liste des produits interdits dans le TGV car « susceptibles d'engendrer un repas trop chronophage » : les artichauts, la cancoillotte, le millefeuille, la fondue, la raclette, la tartiflette, le poisson en papillote, le champagne, le fraisier, la blanquette de veau et les pièces montées.

Il recommanda à « tous les Français responsables » de télécharger l'application TousAntiFakeNews qui permettait de soumettre une information au gouvernement afin qu'elle soit vérifiée de façon indépendante, mais aussi d'envoyer un message d'alerte à tous les utilisateurs dès lors qu'un de leurs contacts avait été infecté par le discours d'un « rassuriste ».

Quant aux enfants, il leur serait bientôt possible d'enlever le masque à l'extérieur, mais « en évitant à tout prix de pratiquer des activités susceptibles de déboucher sur des contacts ou de provoquer des rapprochements » comme la balle au prisonnier, la tomate, le déli-délo, sans parler du foot, du basket ou du hand. Et « en privilégiant les activités d'introspection et de flânerie à cinq mètres minimum de ses camarades ».

Il convenait également de leur rappeler chaque soir avant de se coucher qu'ils étaient dangereux pour les plus fragiles et qu'ils étaient les principaux responsables de l'augmentation des contaminations. Pour les moins de 5 ans, il était indispensable de leur chanter « avant le dodo » la comptine sur les gestes barrières coécrite par Viannus et Marlène Chaipas, dont les paroles s'affichaient à l'écran :

Promenons-nous dans les lois
Pendant que Covid n'y est pas
Si Covid y était, il nous mangerait
Mais comme il n'y est pas, il nous mangera pas

Loup y es-tu, que fais-tu, entends-tu ?
« J'enlève mon masque »

Refrain

Loup y es-tu, que fais-tu, entends-tu ?
J'enlève mon deuxième masque

Refrain

Loup y es-tu, que fais-tu, entends-tu ?
Je présente un schéma vaccinal incomplet
Au secours !!!

Le Premier ministre termina ainsi son intervention pleine de charisme : « Il ne faut surtout pas se relâcher, car le virus, lui, ne connaît pas la fatigue. La peur est toujours meilleure que la mort. On peut débattre de tout, sauf des chiffres d'Olivier Véran. »

XVI

« Écoute, lui dit-il, il faut que tu danses avec le major, il t'aime.

— Oh ! tu ne vas pas me dire ça maintenant ! dit Zizanie, émue et inquiète.

— Je t'assure que ça vaudrait mieux… Il est très gentil, il a beaucoup de galette, il est complètement idiot, c'est le mari rêvé. »

Boris Vian,
Vercoquin et le plancton

Le mois de janvier n'en finissait plus. La pensée obsédante de sa rupture avec Louise permettait régulièrement à Guillaume, de façon assez paradoxale, d'échapper à son quotidien. Quelle chance il avait d'avoir tant d'admiration pour celui avec qui son ex-compagne l'avait trompé ! C'était un nouveau point commun qui l'unissait à elle malgré leur séparation. Il pensa tout à coup que pour ne faire qu'un avec Louise, il suffisait de penser amoureusement à Wedy. Il tenta dès lors de rendre hommage à ce chantre du vivre-ensemble par un poème qui fût digne de son génie. Il prit sa meilleure plume et se mit à écrire :

Ô moustaches sacrées de la pédagogie
Ornements du savoir et de l'intelligence
Symboles de vertu, gages de transparence
Qui combattez sans peur vice et démagogie

De l'honneur et du droit vous êtes la vigie
Critiquant du pouvoir les vastes influences
Osant des dirigeants souligner les errances
Du plaidoyer du Bien vous faites des orgies

Puissiez-vous déverser comme une hémorragie
Sur vos nombreux disciples de la connaissance
Les eaux bénites de votre théologie

Qui humidifieront du sceau de l'espérance
Les citoyens lambdas qui clameront : « Ci-gît
L'ère de la discorde et l'échec de la France. »

Guillaume relut plusieurs fois son poème. Il n'était pas mécontent de lui, il crut même reconnaître dans son œuvre des accents hugoliens. Hélas, cet épisode ne fut pas sans conséquence sur son sommeil. Cette nuit-là, il fit un horrible cauchemar. Louise prenait d'immenses ciseaux auxquels elle imposait les mains puis embrassait les moustaches de Wedy pendant de longues minutes avant d'en couper un à un les poils qu'elle rangea ensuite soigneusement dans une petite boîte de porcelaine comme s'il s'agissait de reliques. Elle s'agenouilla alors devant celles-ci et se prosterna en faisant une prière qui reprenait mot pour mot le poème de Guillaume.

Elle rentra ensuite dans l'appartement de son ex-co-amoureux (elle détestait le mot « conjoint », qui assignait chaque membre du couple à une fonction) et, le trouvant assoupi dans sa chambre, profita de cette occasion pour lui coller les moustaches de Wedy sous les aisselles en priant le Dieu du multiculturalisme qu'elles aidassent à transformer son compagnon en évêque du vivre-ensemble. Elle chevaucha ensuite fougueusement le disciple de Tariq Ramdam, qui se trouvait inexplicablement dans le lit de Guillaume. Et ce dernier fut réveillé par leurs cris, mais uniquement dans son rêve. Sa vive admiration pour le fondateur de *Mediapartition* se dissipa bien vite au détriment d'un sourd ressentiment.

Guillaume se réveilla ensuite pour de bon. Le souvenir de ce cauchemar était si frais et la frayeur si vive qu'il courut dans la salle de bains, céda pour la première fois de sa vie aux injonctions des pourfendeurs de la pilosité et rasa ce qu'il croyait être les poils de la sagesse. Mais pendant toute la journée, les mots du poème le poursuivirent et le ramenèrent inexorablement à son rêve au point qu'il dut lutter contre lui-même pour ne pas regarder sous ses aisselles toutes les dix minutes. Il chercha alors à brider ses pensées en s'infligeant des airs connus, mais même les chansons de Jérémy Frérot qu'il tenta de fredonner en boucle ne purent empêcher ses pensées obsédantes de refaire surface. Fort heureusement, il eut l'idée de combattre le mal à la racine, au sens figuré cette fois-ci. Ce rêve était trop ancré dans sa mémoire pour que quoi que ce soit lui permît de s'évader, ne fût-ce que quelques secondes. Le seul moyen de rivaliser avec lui était au contraire de s'abreuver de la réalité. Il choisit donc de ressasser la vraie trahison de son ex-compagne pour oublier la fausse et eut l'idée de se plonger dans un poème de Paul Quimeste qui le soulagea quelque peu de sa solitude. Il lut plusieurs fois ce texte pour le mémoriser et remplacer sa souffrance subie par une souffrance choisie :

Ce n'était pas la plus laide de ses amies,
Il n'était pas vraiment idiot ni repoussant,
Il ne ressentait pas pour elle un grand mépris,
Elle détestait peu ses regards pénétrants.

Elle n'abhorrait pas du tout ses compliments,
Et l'homme ne se plaignait pas totalement
De voir son sourire transformer son visage
Et susciter en lui des pensées très peu sages.

Ils n'ont pas tout à fait cherché à s'éviter
Et n'ont pas essayé de s'en dissuader,
Ce n'est pas par hasard qu'ils se sont retrouvés
Et c'est peu surprenant s'ils se sont embrassés.

Ce n'est pas sans tristesse que j'ai vu l'histoire
De ces deux amants-là s'esquisser lentement
Et c'est bien en pleurant que je revis ce soir
Le noir souvenir de ma femme et son amant.

XVII

> « Est-ce que le sentiment de la curiosité chez les femmes n'est pas aussi intense que le sentiment de l'adoration chez les Anges ? »
>
> Jules Barbey d'Aurevilly, *Le Plus Bel Amour de Don Juan*

Depuis quelques jours, une remplaçante du professeur de musique avait fait son apparition au collège. L'ardeur avec laquelle elle enseignait sa passion inextinguible pour la flûte ne laissait pas Guillaume indifférent. Dès le début, ce fut entre eux un véritable coup de foudre. Le jour de son arrivée, Sabine remarqua ce bellâtre à l'œil vif et au cheveu soyeux et il fut quant à lui le premier à aller parler à la jeune contractuelle. Il arborait un T-shirt du Che et elle fut d'emblée séduite par cet acte courageux et cette volonté de porter si haut les valeurs révolutionnaires de gauche dans cette société si corrompue par *ladroitetlextrêmedroite*. Elle se présenta. Son haleine pleine de caractère, son originalité vestimentaire et son mépris du qu'en-dira-t-on : tout dans sa physionomie laissait deviner une forte personnalité.

Son timbre mélodieux n'était pas sans rappeler les plus belles voix de la grande chanson française, à mi-chemin entre Julie Pietri et Jeanne Mas, dont elle ne se contentait pas d'imiter la voix tant elle semblait également en avoir copié la coiffure. Cet ex-amateur de Stendhal ne put dès lors s'empêcher de lire dans ce point commun le signe annonciateur de leurs amours futures et il s'endormit ce soir-là le cœur rempli d'échanges pédagogiques fructueux et de séquences transversales abouties.

Il avait pour les professeurs de musique le plus grand respect, ayant lui-même, pendant quelques mois, pratiqué tour à tour et avec brio le didgeridoo et le triangle, mais la flûte à bec restait son instrument préféré et la découverte, le lendemain, de cet énième point commun les émut à tel point qu'ils cherchèrent avidement l'occasion de pratiquer ensemble.

Elle se présenta quelques jours plus tard, un mardi. Le visage de Sabine, comme un refrain, revenait sans cesse hanter les pensées de Guillaume et c'est à elle qu'il songeait lorsqu'il remonta dans sa salle pendant la pause déjeuner pour y installer un téléviseur afin de diffuser un film à ses élèves. Sabine, qui venait de ranger du matériel, s'apprêtait à descendre. Ils se croisèrent. Le désir était si brûlant et la réciprocité de leur amour si évidente pour tous les deux qu'ils n'eurent pas besoin de se le déclarer. Ils jetèrent un coup d'œil furtif dans le couloir pour vérifier que personne ne les observait puis, encouragés par la promesse qu'ils s'étaient faite de jouer de la flûte ensemble, ils se précipitèrent dans la salle de musique. Sabine ferma la porte à clé et pour plus de précautions, ils se réfugièrent dans le local à instruments.

La peur d'être découverts, l'incongruité du lieu ajoutèrent à leur plaisir et décuplèrent leur hâte. Guillaume avait une façon toute particulière de jouer de la flûte et elle reconnut à son doigté l'ancien joueur qu'il était. Leurs deux instruments s'accordèrent avec tant de grâce et Guillaume récitait sa partition avec tant de justesse qu'il la fit passer par toute la gamme des plaisirs. Il entama alors un crescendo qu'elle suivit avec un grand sens du rythme et tandis qu'il battait la mesure, elle se mit à l'accompagner de sa plus belle voix. Lorsque l'allegro vivace toucha à son terme, elle chercha à se raccrocher à quelque chose pour contenir son émotion et, au hasard de son tâtonnement, elle saisit le micro-pied qui se trouvait à sa droite et appuya sur le bouton « on » au moment même où ils achevaient leur symphonie. Leurs notes résonnèrent dans tout l'établissement, ce qui valut à Sabine, de la part de ses collègues, le surnom de « la Callas ».

Sabine était une artiste complète et elle n'avait pas que sa passion pour la musique à offrir à

Guillaume. Elle prenait depuis deux ans déjà des cours de théâtre et s'intéressait à toutes les formes d'expression corporelle. La semaine suivante, elle l'emmena voir un spectacle de danse contemporaine. C'était un seul-en-scène. La comédienne était assise sur une chaise sans bouger pendant une heure et demie. Elle était très expressive et nul doute que cela aurait été très émouvant si elle avait eu quelque chose à exprimer, mais la pièce de Marine Maguy avait des objectifs bien plus élevés et trouvait dans le vide une forme d'expression théâtrale bien plus noble. La soirée ravit Guillaume, qui, s'il n'avait rien compris au spectacle, sentait qu'il touchait à l'infini.

Il attendait avec impatience de voir Sabine sur scène, car il aspirait à tomber amoureux d'elle sous une autre forme. Il s'imaginait dans la peau de Dorian Gray qui s'éprenait de Sibyl Vane chaque soir dans un nouveau rôle, en espérant toutefois ne pas subir la même fin.

Hélas, au bout de trois semaines de vie commune, la curiosité de Sabine la poussa à le quitter pour un joueur de saxophone qui l'avait convertie à ce puissant engin.

XVIII

« La littérature ne peut vivre que si on lui assigne des objectifs démesurés. »

Italo Calvino, *Leçons américaines*

Le mois de janvier touchait à sa fin et Guillaume comptait chaque jour qui le séparait des vacances. Sur les conseils avisés de la pédagogue experte en sciences cognitives Céline Elévraie, il résolut un jour, pour parvenir enfin à *faire cours*, de préparer plusieurs ateliers à l'avance et de faire choisir à ses élèves celui auquel ils désiraient se consacrer. Mais comme personne ne voulait travailler et que certains profitaient déjà du fait d'être debout pour renverser les tables, il dut arrêter son expérience au bout de cinq minutes. C'était peu mais suffisant pour constater que Céline, comme toujours, disait vrai : les élèves étaient tellement déçus que les activités pédagogiques se terminassent qu'il dut procéder d'urgence à une séance de *remédiation* en leur proposant un jeu.

Guillaume avait très tôt abandonné ses ambitions littéraires pour aborder des sujets qui *concernaient davantage les élèves* en les faisant par exemple régulièrement s'exprimer sur le racisme dont ils étaient victimes. Il eut à ce sujet un vif débat avec un collègue d'histoire qui avait osé confesser une certaine admiration pour Napoléon et à qui il reprochait de ne pas être assez intransigeant avec la colonisation. « C'est important de leur montrer qu'on se repent de ce qu'on leur a fait », lui dit-il, oubliant sans doute que ses élèves étaient tout aussi français que lui. L'important pour Guillaume était qu'ils lussent des textes, peu importe lesquels, il n'allait tout de même pas leur faire étudier *Germinal* et leur demander de s'identifier à autre chose qu'à eux-mêmes. Pourtant, malgré tous ses efforts pour attirer leur attention, le chahut continuait.

Il était encore plus soucieux de leur plaire que de leur permettre de développer leur moi profond. Aussi bannissait-il des programmes un certain nombre de notions qui lui semblaient trop difficiles et ne renonçait-il à aucune innovation pédagogique, dès lors qu'elle favorisait la mémorisation et l'éveil de la curiosité de l'*apprenant*. Il leur avait par exemple diffusé quelques extraits du *Cœur des hommes* pour les sensibiliser au *male gaze* et deux scènes du *Fabuleux Destin d'Amélie Poulain* pour dénoncer la surreprésentation des Blancs et le manque de diversité dans le cinéma français. De temps en temps, il parvenait quand même à aborder un texte littéraire en l'associant, grâce à une « thématique commune », à un texte plus actuel. Ce jour-là, il leur fit étudier *Spleen* et une interview d'un militant pour la cause animale qui racontait la mort tragique de son poisson rouge. Après avoir épuisé le texte avec ses élèves et avoir substitué au besogneux passage littéraire sa superbe prose et sa brillante analyse, après avoir explicité ce que le texte sous-entendait, déconstruit sobrement les effets comiques, analysé froidement les lyriques images, venait l'étape de la transposition, car, contrairement à Baudelaire, il croyait à l'utilité de la littérature. Chaque élève était alors invité à s'approprier le texte et à le transposer dans notre époque.

Ce jour-là, les parallèles furent particulièrement féconds et les élèves purent comparer tour à tour le spleen Baudelairien au « seum » ressenti par Aboubakar lors de la défaite du Cameroun ou à la « rage » de Linda d'avoir eu 7 en maths. Il termina son cours épuisé, mais content. Il avait la très agréable impression d'avoir si bien aplati le texte de Baudelaire que celui-ci s'était enfin mis à leur niveau.

Il enviait parfois l'expérience de certains de ses collègues plus chevronnés et admirait leurs méthodes, notamment celles de Martin, professeur d'EPS à deux ans de la retraite, qui venait en voiture au stade et faisait cours sans jamais sortir de son véhicule. Il avait établi un code avec les élèves qui leur permettait, outre le fait d'exercer leur réactivité et leur capacité à traduire en signes l'expression langagière, de valider un nombre de compétences bien supérieur à la moyenne. Il signalait les touches par un coup de klaxon, les six-mètres par deux, les corners par trois, les appels de phare indiquaient qu'une faute avait été commise et pouvait être sanctionnée d'un penalty s'ils étaient accompagnés d'un mouvement d'essuie-glace. Enfin, le but pour l'équipe positionnée à droite sur le terrain était validé par l'actionnement du clignotant droit et inversement pour l'équipe située à gauche. Que des professeurs âgés pussent *élaborer des pédagogies aussi innovantes* redonnait subrepticement à Guillaume foi en l'avenir. C'était la preuve que le déclinisme était la pire des tares et la mélancolie le signe avant-coureur du fascisme.

XIX

> « On ne rit vraiment de bon cœur que dans les cimetières. Ainsi, au spectacle quasi funèbre de ce premier Conseil des ministres de samedi dernier, mes enfants, mon chien et moi-même, nous avons été secoués d'une crise inextinguible de franche hilarité. »
>
> Pierre Desproges,
> « Les compassés », dans *Chroniques de la haine ordinaire*

Guillaume vivait donc de nouveau seul depuis quelques semaines et la conscience de cette solitude était autant éveillée par les visites de plus en plus régulières de sa sœur, séparée elle aussi depuis peu, et de son neveu, que par la lecture des articles de Louise sur le site de *Mediapartition*. Ces derniers étaient de plus en plus nombreux et toujours plus lus. Il fut pris, en repensant à leur idylle, d'une irrépressible nostalgie bien qu'on lui eût appris combien ce sentiment était contraire à l'idée de progrès et à l'avènement d'une société idéale ainsi que porteur d'un nationalisme malsain et d'une xénophobie latente.

Comme la favorite de Guillaume avait échoué d'un cheveu non genré aux primaires écologistes, ratant d'un rien son rendez-vous avec l'histoire drôle, il décida de reporter ses espoirs déçus sur Anne Idéalbo. Il se rendit même à un meeting de la maire de Paris, dernier recours, lui semblait-il, pour combattre le péril fasciste. Lorsque Anne Idéalbo parut sur scène en enfourchant un Vélib', l'immense foule constituée d'une cinquantaine de personnes – dont 90 % de journalistes – gronda. Anne eut soudain l'impression très nette que la France était son marchepied. Elle se découvrait des accents nouveaux de présidentiable, elle stigmatisait la stigmatisation, projetait de projeter et triomphait de ne pas encore avoir triomphé. Elle dénonça tout à tour les discriminations, les idées nauséabondes rappelant les heures les plus sombres, le retour des années trente, ceux qui divisent la France, les amalgames, les complotistes, les factieux ou encore les climato-sceptiques, le tout en regrettant le recours de ses adversaires aux clichés. C'était un véritable sans-faute. Tout juste omit-elle d'évoquer « la France rance », mais elle se jura de le faire lors d'un prochain meeting. Elle promit de lutter « contre le fléau des gens atteints de sans-abrisme » et assura qu'elle ferait « tout pour comprendre leurs besoins notamment par le prisme de la création d'une Académie du logement ». Elle osa enfin courageusement nommer l'ennemi, à savoir l'industrie automobile, ajoutant que celle-ci n'avait « pas de visage ».

Le processus d'identification fonctionnait à plein. Guillaume repensait aux paroles d'Hugo : « Quand je vous parle de moi, je vous parle de vous : comment ne le sentez-vous pas ? » Il avait l'impression que c'était à lui seul que la madone du vivre-ensemble écologiste s'adressait et cette sensation tenait autant à son discours qu'à sa posture. On avait enfin une présidente bienveillante à même de transformer la France en « safe-space nation », et il se mit à fantasmer le triomphe de la diversité inclusive et de la radicalité écologiste. Cet élan de solidarité qu'Anne incarnait lui donna plusieurs fois envie de prendre la main de ses voisins et de faire une ronde en leur annonçant la paix du tri.

Hélas, quelle ne fut pas la surprise de Guillaume d'apprendre quelques jours plus tard que la candidate PS était tombée à 3 % d'intentions de vote dans les sondages. Anne non plus ne vit rien venir. Il eut alors la tentation d'éviter la veste en retournant la sienne. Il se demanda même s'il était encore utile de voter, mais il se souvint juste à temps que Rokhaya Dalleuse avait très justement dénoncé le vote blanc. Fallait-il croire en Monte-Bourre ? Il l'avait écouté plusieurs fois ces derniers temps et en avait conclu qu'il s'en fallait de beaucoup que le

« décapiteur » du Capital capitule. « Et si c'était la marinière qui pouvait éviter la Marine demain ? » pensa-t-il, assez fier de sa trouvaille. Mais il se remémora sa sortie sur les transferts d'argent et se dit que Louise et Wedy le considéraient sûrement comme un facho. Jean-Luc Mélengeons lui faisait peur et Philippe Grospoutou n'avait aucune chance. Certes, il restait Yannick Shadock, dont le charisme n'avait rien à envier à celui d'un tamanoir sous anxiolytiques. Mais il avait le défaut d'être un mâle blanc cis hétéro et avait refusé, dans un élan patriarcal et sexiste, de se retirer au profit de Sandrine Cadet-Rousselle. Pire, il avait refusé sa proposition d'abjurer ses privilèges et de s'engager à décoloniser la blanchité de son âme.

Guillaume était perdu. Louise et Sabine étaient parties et ses cours étaient devenus un enfer. Quant à la gauche, il ne voyait plus bien ce qui pouvait désormais la sauver, à part une allocution en pleine rue de Jean-Christophe Cambadélis sur une palette.

XX

> « Toute l'excellence de leur art consiste en un pompeux galimatias, en un spécieux babil, qui vous donne des mots pour des raisons, et des promesses pour des effets. »
>
> Molière, *Le Malade imaginaire*

C'est au moment où tout semblait perdu que le bruissement d'une possible candidature de Christiane Tablerase se répandit. Au bout de quelques jours de faux suspense, elle se déclara candidate. Quelle présence ! Quelle énergie dans ce vivant distributeur de poèmes ! Lorsque Guillaume écouta son discours, ce fut comme s'il reprit vie :

> J'ai réfléchi très sérieusement à pouvoir être en capacité d'agir sur l'amélioration de la vie des Françaises et des Français afin d'ouvrir un chemin nouveau vers un avenir rempli de brasillances et de redonner au pays un élan d'énergie vitale face aux forces de l'indicible.

Et je vous le dis aujourd'hui en sincérité : j'ai fait le choix décisionnel volontaire et délibéré de ne pas céder aux injonctions déclinistes des faiseurs de malédictions et autres prédicateurs d'imprécations rancies qui tapissent leurs discours d'obsessions chimériques pour mieux éructer leur aigreur maladive sourde aux palpitations du monde. Oui je viens jusqu'à vous, je passe des heures avec vous, je vous picore, je vous butine, je vous aspire, je vous inspire, je vous désire, je me déchire mais pas question que je me retire !

Oui je sais nos errances, oui je sais vos souffrances, oui je connais les hauts et les bas qui agitent vos âmes naufragées quand le navire sur lequel nous voguons en silence est frappé de plein fouet par la tempête de la vie, par la fatalité des crises successives, par l'impotence de nos dirigeants qui trop souvent n'a d'égale que le cynisme avec lequel ils se montrent rétifs à l'espérance et rêches à son accomplissement.

Mais il n'est plus temps d'être veule, il n'est plus temps d'être indifférent aux pulsations des cœurs de nos frères en humanité. Il est temps de regarder le futur avec les yeux de la solidarité clairvoyante, celle qui ne nie ni ne renie mais jamais ne tombe dans le déni.

Bien sûr nous avons traversé des épreuves et n'avons pas été épargnés par les tribulations et les afflictions. Bien sûr le deuil et la disgrâce ont fait irruption dans nos existences et les ont colorées d'un gris maussade et poussiéreux, lacérant de douloureuses cicatrices l'espoir que la gauche avait enfanté. Le vivre-ensemble même a vacillé lorsqu'on a voulu gommer les fabuleux dessins de nos joyeux champions du crayon ou lorsqu'on a maladroitement troqué le chauffage des terrasses pour le feu des armes de guerre, mettant ainsi à mal l'insoutenable fragilité de l'amitié républicano-djihadiste.

Mais il en faut plus pour ébranler définitivement ces dieux de paix que nous nous sommes construits et pour effrayer les hardis fantassins que nous incarnons de toute notre généreuse résilience. Rien ni personne ne pourra m'empêcher d'œuvrer pour revigorer notre démocratie, pour la débarrasser des fantasmes monarchiques, des injonctions systémiques et des ordalies iniques qui trop souvent ont servi de moteur à notre politique intrinsèquement, irréductiblement indéfectiblement, systémiquement inégalitaire.

L'éclat de nos vies entêtées éblouira vos en-dedans déchirés, ressuscitera les débris de vos rêves, et raccommodera les lambeaux de vos folies. Nous boirons l'antidote du commun pour dissiper votre venin et nous danserons la solidarité sur les cadavres de vos scissiparités.

La farandole chatoyante de l'énergie de notre espoir est plus forte que le repli morbide de vos peurs étriquées. Et c'est sur l'héritage puissant de nos valeurs ciselées que nous érigerons un projet épuré mêlant la raison et le cœur, un projet dont la foi en l'avenir est la sève et qui explosera en un feu d'artifice de nos sensibilités incandescentes.

Je ressens tout le poids de mon historique responsabilité dans cette précieuse mission qui m'est confiée. Mais j'irai jusqu'au bout. Car rien n'est plus beau que de se mettre en chemin vers l'horizon scintillant de nos ardeurs abouties.

XXI

« Ce que l'on conçoit bien s'énonce clairement
Et les mots pour le dire arrivent aisément. »

Nicolas Boileau, *L'Art poétique*

Quelques jours plus tard, Emmanuel Omacron annonça sa candidature. Guillaume ne le portait pas dans son cœur, mais il ne put s'empêcher d'écouter la déclaration de celui qui serait peut-être dans quelques semaines le dernier rempart contre « la droite et l'extrême droite ». Il s'installa donc devant la télévision et écouta le chef de l'État déclamer la tirade suivante :

Chers concitoyens, chers helpers,

J'ai décidé de me porter candidat à la présidence de la République.

J'ai bien réfléchi – ma pensée complexe me laissant peu d'occasions de faire autrement – et j'ai pris ma décision qui est tout sauf une initiative à la cavalcade :

je veux franchir avec vous la next step, je ne vous abandonnerai pas aux extrémistes. Contre le repli sur soi et les menaces de division et de fracture, je serai le président de tous les Français vaccinés.

Je suis né en 1977. Ma jeunesse fut celle de l'évidence européenne. Sur les terres ensanglantées du nord d'Amiens où j'ai grandi, l'Europe c'était la paix, l'amour, la joie. Plutôt que d'agiter sans arrêt les peurs et de prôner le déclinisme, nous pouvons être fiers de notre histoire et surtout de nos résistants, qu'il s'agisse de Jean Moulin, du général de Gaulle ou d'Olivier Véran. Or qui d'autre qu'un président philosophe serait autant en capacité que moi de combattre la démagogie, les sophismes et la novlangue qui envahissent les speach des communicants et empêchent d'actionner les leviers de la résilience et de mettre en place des dispositifs favorisant l'émergence d'une bienveillance mondiale rendue possible grâce à la synergie de nos réflexions et la mise en commun de nos feedbacks respectifs ?

Comme je l'ai fait jusqu'ici, je continuerai à combattre les inégalités, le réchauffement climatique et la violence verbale qui nous ont durement impactés. Ces trois axes sont notre copyright, mais ce ne sont pas les seuls. Je veillerai aussi à redonner tout son lustre à notre belle culture française, et ce, bien qu'elle n'existe pas. J'ai prouvé pendant ce quinquennat que je ne méprisais personne, ni ceux qui ne sont rien, ni les assistés, ni les factieux, ni les Gilets jaunes qui cumulent ces trois tares. Nous avons su présenter un projet à la fois secure sans être control freak et révolutionnaire tout en étant ultra-rationnel.

Je ne veux outer aucune question gênante ni aucun problème que nos équipes résoudront asap. Je veux aussi être dans la transparence la plus totale avec vous. Il n'y aura pas d'austérité, mais il faudra se serrer la ceinture si l'on veut slow-up les dépenses parce que tout coûte un pognon de dingue et parce que la France n'a pas vocation à accueillir toute la misère française. Ceux qui vous disent le contraire et vous promettent la prospérité ne profèrent que des carabistouilles et se contentent de semer de la poudre de perlimpinpin. C'est du bullshit et ce n'est pas ma conception de la politique. Je me fixe une deadline de cinq ans pour changer de paradigme sans rien changer, pour opérer la révolution de la stabilité, pour mettre en marche une forme d'attentisme itinérant et flexible à même de s'adapter à la rupture dans la continuité que j'appelle de mes vœux.

Nous ne lâcherons rien, nous sommes en guerre contre l'échec et nous mettrons tout en œuvre : debriefing, teambuilding, brainstorming, coworking et jobmentoring, pour accéder à la réussite et upgrader notre projet. Notre stratégie est claire, c'est celle de la COM : Converger, Optimiser, Mutualiser. Faire converger les intelligences, Optimiser les process, Mutualiser nos ressources. Pour cela, nous n'hésiterons pas à lever des fonds en equity et étudier le venture capital afin de créer une vision différenciante pour une France plus bottom up que jamais.

Mais pour en arriver là, il me faut la task force de tous mes followers au nombre desquels je sais pouvoir vous compter. Nous aurons la sagesse pour continuer à être disruptifs sans tout resizer from scratch et pour nous appuyer sur tout ce que nous avons fait de bien dans ce quinquennat, c'est-à-dire tout ce que j'ai décidé moi-même. Impulser le changement demandera du temps, mais je vous garantis que la France sera ma priorité number one juste après l'Europe et l'Allemagne. J'ai parfaitement conscientisé qu'il faudra parfois casser les codes, bousculer le mindset, rebooster la confiance voire pivoter notre business model.

Mais vous le savez : à part la fin du monde et Cédric Villani, rien ne me fait peur. Soyons du côté des winners ! *Make our start up nation great again !* Vive l'Europe, vive la République, vive le numérique, vive l'OM, vive LREM, vive le ruissellement et vive la France !

XXII

« Ses autres maîtres n'en tiraient pas meilleur parti. Il mettait leur patience à bout. Il est vrai qu'il ne leur était pas permis d'user de rigueur à son égard : ils avaient un ordre exprès de l'instruire sans le tourmenter, et cet ordre joint à la mauvaise disposition du sujet rendait les leçons assez inutiles. »

Alain-René Lesage,
Histoire de Gil Blas de Santillane

Une semaine après la rentrée des vacances de février, Guillaume s'aperçut qu'un élève lui avait emprunté son portable sans lui en demander l'autorisation. Il eut beau demander à chaque cours qu'on lui rendît l'objet qu'il avait prêté sans le savoir, l'élève en question était d'une telle distraction qu'il oublia systématiquement de le lui apporter jusqu'à la fin de l'année. Dans un premier temps, il n'en dit rien à la direction, par respect pour ces pauvres élèves en difficulté, et, même dans ce cas de figure, il parvint à conserver un calme héroïque. Il essayait de comprendre les motivations de l'enfant et s'accusait de ne pas s'être suffisamment prémuni d'une telle mésaventure en expliquant, lors de son cours sur les règles de vie de classe, que ce type d'emprunt était prohibé. Mais cette validation des théories marxistes avait également quelque chose d'infiniment réjouissant et tout ce qu'il espérait était que l'élève en question se fût inspiré pour perpétrer son acte du discours du Tahitien dans le *Supplément au voyage de Bougainville* de Diderot qu'ils avaient étudié en classe la semaine précédant l'emprunt et qui fustigeait le concept absurde de propriété individuelle.

Hélas, quelques jours plus tard, un élève lui signifia que sa toilette manquait de fraîcheur et qu'il était probablement un enfant illégitime né d'une liaison hors mariage. Très éprouvé par cette insulte, il eut du mal à revenir au collège le lendemain et ne trouva pas cette fois-ci le courage de la minimiser. Il résolut alors de boycotter pour un temps ses principes pédagogiques, et, sûr de l'appui de la nouvelle direction, il eut l'audace de prétendre qu'un conseil de discipline serait le bienvenu. Mais comme il n'était pas en bons termes avec le principal et qu'il souhaitait éviter à tout prix de lui donner des gages, il s'adressa à la CPE. Fort heureusement, celle-ci sut faire preuve de clairvoyance et comprit que cette demande était bien plus le résultat de la colère du professeur que d'une réflexion pertinente sur les principes pédagogiques. Elle préconisa sagement une sanction éducative avec exclusion temporaire interne de deux heures et demie au cours de laquelle l'élève serait invité à réfléchir sur ses pratiques d'apprenant en rédigeant un devoir auto-évaluatif visant à vérifier sa bonne compréhension du fonctionnement hiérarchique de l'établissement et des limites cognitives de ses propos.

L'élève comprit si bien l'enjeu d'une telle sanction qu'au bout de cinq minutes, il avait déjà terminé son devoir. Il se servit des deux heures et vingt-cinq minutes restantes pour le relire et mettre en pratique ce qu'il avait appris en classe sur les bienfaits de la rêverie chez Rousseau et Wejdène.

Guillaume était furieux de cette décision, mais ne pipa mot, car il craignait plus que tout de passer pour un réactionnaire. Quelques jours plus tard, un collègue fut curieusement agressé physiquement par ce même élève qui semblait pourtant si bien avoir reconnu ses erreurs et regretté ses propos. Il ne put réprimer une légère satisfaction à l'annonce de cette nouvelle : que quelqu'un d'autre que lui se fît agresser, c'était signe que les élèves ne le détestaient pas tant que ça, qu'il faisait partie des « profs cools » et rien n'était plus gratifiant dans cette école moderne que d'obtenir l'approbation des élèves.

Il ne s'offusquait d'ailleurs jamais que les délégués osassent critiquer vertement certains collègues en conseil de classe et trouvait qu'il n'y avait pas meilleur exercice de la démocratie. Les citoyens grecs eux-mêmes ne pouvaient-ils pas tour à tour prendre la parole et proposer une motion à l'ecclesia ? Certes, ces derniers étaient tous majeurs, mais quelle différence dans une société où les « grandes personnes » avaient disparu et où l'*aidôs* n'était qu'un très lointain souvenir ?

XXIII

> « Attention, je pense, ne cesse de dire l'auteur. Je m'apprête à penser. Je ne vais pas tarder à penser. Retenez-moi ou je pense. »
>
> Pierre Jourde,
> *La Littérature sans estomac*

Les sondages le confirmaient les uns après les autres : Erik Zéneux, une fois passée l'embellie des premiers mois, semblait se diriger vers une défaite inéluctable. Pourtant, une lettre, relayée par le journal *Le Globe*, fit basculer la campagne dans une autre dimension ; cette lettre était l'œuvre d'un homme qui était au journalisme politique ce que Christian Jeanpierre est au journalisme sportif : un certain Wedy Le Plen. Ce dernier choisit, avec toute l'humilité qui le caractérise, de l'intituler sobrement « Moi, Wedy Le Plen, j'accuse ! » :

Moi, Wedy Le Plen, j'accuse !

Moi, Wedy Le Plen, le dernier des grands démocrates français, écrivain par passion et journaliste par devoir, porteur de plume dans la plaie, directeur du seul journal totalement indépendant de tout ce qui n'est pas inclusif, humble héritier de Hugo, Briand et Zola, pourfendeur de la fachosphère, instigateur de l'investigation, souverain pontife du vivre-ensemble et défenseur des minorités opprimées et du burkini.

Moi seul je connais le cœur humain et j'estime, en tant que citoyen du monde, être fait comme tous ceux que j'ai vus, en un peu mieux quand même. Si la nature a bien fait ou mal fait de briser le moule dans lequel elle m'a jeté, c'est ce dont on ne peut juger qu'après avoir lu cette lettre ou mon brillant livre *À gauche de l'impossible*, qu'on peut trouver pour 19,99 euros seulement dans toutes les bonnes librairies.

Moi, disais-je, j'accuse au péril de ma vie, sans me soucier des conséquences qui en résulteront et en parfait accord avec mes brillantes convictions, la France d'être une nation patriarcale et stigmatisante opprimant les minorités et diffusant la haine. J'accuse les réactionnaires de voir du « wokisme » là où il n'y a que de la solidarité, de la misandrie là où il n'y a que de la sororité et de l'« islamogauchisme » alors que ça n'existe pas, comme l'a si bien dit frère Tariq.

J'accuse les journalistes de privilégier le débat à l'antifascisme en donnant la parole à des contradicteurs de la bonne parole et de confondre sciemment liberté d'expression et liberté d'oppression.

J'accuse les autorités et certains confrères d'entretenir la culture du viol en se réfugiant derrière le tribunal et les lois pour ne pas condamner les agresseurs et en osant remettre en cause le principal outil de justice de ce pays qu'est *Mediapartition*.

J'accuse l'Europe de repli sur soi et d'égoïsme en refusant aux migrants la chance de nourrir les passeurs avant d'être exploités et mal logés.

J'accuse ce gouvernement d'être tout simplement, sans aucune exagération de ma part, ce dont, soit dit en passant, je suis bien incapable comme ma carrière le prouve, et en un mot comme en cent, rance, islamophobe, raciste, pas bien, barbare, fasciste, préhitlérien, de droite, très mal, nauséabond, karshozyste, zéneux, contraire aux valeurs des droits de l'homme, de la femme et du non-binaire et rappelant les heures les plus sombres de Gérard Darmon.

J'accuse l'État d'être raciste et islamophobe, de discriminer de façon systémique les musulmans et de confondre sciemment islamisme radical et islamisme modéré, djihad sanguinaire et djihad apaisé, terrorisme sans foi ni loi et terrorisme éthique. J'accuse certains de nos représentants et pseudo-intellectuels d'être des fossoyeurs du vivre-ensemble. Je les accuse d'organiser volontairement un séparatisme en imposant à toutes les femmes le non-port ostentatoire du voile et en faisant mine de confondre étoile jaune et étoile de couleur jaune pour mieux stigmatiser nos compatriotes musulmans. Ces gens aveuglés par la haine et par le racisme refusent de voir que la situation actuelle est comparable à celle des années trente si ce n'est qu'Adolf Hitler avait plus d'humanité qu'Erik

Zéneux et que celui-là était bien meilleur peintre que celui-ci n'est écrivain.

J'accuse la France de livrer en pâture les étrangers aux terroristes d'extrême droite qui pullulent sur notre sol. J'accuse l'État de fabriquer des indigènes par son mépris et par son refus d'écouter le cri déchirant des minorités opprimées, cri qu'Houria Boutélétous résume magnifiquement dans son dernier essai, *Les Connards blancs, les traîtres juifs et nous*.

Moi, journaliste, en signant cette tribune, j'invite tous les Français et tous les candidats à la présidentielle à partager mon rêve, celui d'un monde où il n'y aurait ni Jaune, ni Noir, ni Français, ni Arabe, ni moustachu, ni imberbe, ni catholique, ni protestant, ni juif, mais uniquement des citoyens du monde, tous unis sous la bannière de l'amour des valeurs de gauche, de la pluralité et de l'abolition de la droite, du respect de toutes les religions du prophète, de la liberté de se soumettre, de l'égalité entre laïcité et charia, et de l'adelphité entre les hommes et les néoféministes.

Chers frères, moi journaliste, en vérité je vous le dis :

Heureux ceux qui signeront ce texte, car ils seront consolés,

Heureux les décolonisés, car ils recevront une nouvelle terre en héritage,

Heureux les déconstruits, car ils ont le cœur pur,

Heureux ceux qui croient en moi, car ils hériteront la Sixième République.

Vous avez entendu qu'il a été dit : « méfie-toi de ton prochain », mais moi je vous dis : « méfiez-vous des Blancs et grimez-vous les uns les autres, enfin symboliquement, car sinon c'est du *blackface* ».

Vous avez entendu qu'il a été dit : « œil pour œil dent pour dent », mais moi je vous dis : « N'ayez pas de dent contre le troisième œil. »

Vous avez entendu qu'il a été dit : « La banlieue c'est pas rose, la banlieue c'est morose », mais moi je vous dis : « Faites un kilomètre à pied aux Quatre Mille, promenez-vous à Clichy-sous-Bois, allez cueillir des cerises aux Francs-Moisins, visitez les Pyramides et les Tarterêts et faites de toutes les banlieues mes disciples. »

Vous avez entendu qu'il a été dit : « la droite et la gauche c'est pareil », mais moi je vous dis : « Mets en joue la droite et ne te joue pas de la gauche. »

Si quelqu'un te prend ton manteau, donne-lui aussi ton iPhone, ne résiste pas au jeune qui t'agresse car sa colère est légitime, il ne fait que reprendre ce qui lui est dû et ce que les descendants de colons lui ont confisqué. Et s'il insulte ta femme et te prend ta fille, couvre-les du voile de la pudeur pour que de tels faits ne se reproduisent pas.

En tant que journaliste intègre, je me refuse ici à sombrer dans l'idéologie, je ne fais qu'observer la réalité avec toute l'objectivité et la neutralité qui me caractérisent et qui sont le fondement même de *Mediapartition*. Mon seul but est d'avertir les Français des dangers qui les guettent tout en se méfiant de ceux qui attisent les peurs. Je me dois de leur dire ce que je sais, ce que je connais comme un simple prophète que je suis. Oui, comme le disait si bien le grand penseur Abd Al Menelik : « Allah est grand, la République aussi ! »

Je prête serment que j'ai dit toute la vérité, rien que la vérité sur ce que j'ai de plus précieux, le symbole de toute ma science, ma réflexion, ma bonhomie, mon antifascisme et beaucoup d'autres qualités que je ne peux énumérer ici afin de demeurer dans l'humilité : ma moustache.

Par cette lettre, Wedy Le Plen entendait démasquer la véritable personnalité des candidats à la présidentielle. Chacun serait ainsi invité à expliquer en direct et devant les Français, pourquoi il signait ou non cette lettre, dans une émission créée pour l'occasion, présentée par lui-même sur FranceTVDésInfo, partenaire de *Mediapartition* et intitulée *Le Serment sur la moustache*.

Guillaume, qui cherchait avidement dans la campagne présidentielle une forme de compensation au gouffre affectif qu'il ressentait depuis la rupture, gouffre qui se creusait chaque jour davantage au contact de ses élèves dont il ne tirait plus rien que du vide, trouva dans la lecture de cette lettre de quoi ranimer ses émotions.

C'était un mélange de jubilation, de souffrance et de fierté, d'une part car cela le ravit de constater qu'on offrait enfin à *celui qui comprenait le monde* une tribune digne de son rang, et d'autre part car il ne pouvait douter que cette lettre fût en partie rédigée par son ex-compagne, spécialiste de Zola et admiratrice de Rousseau.

Même s'il ne se l'avouait pas, c'était toujours dans l'espoir de lire une chronique ou un article de Louise qu'il suivait de si près l'actualité, car il cherchait à guérir de cette relation moins par l'oubli que par le souvenir. D'euphorie, il se laissa pousser la moustache.

XXIV

> « Dans notre société, ceux qui ont la connaissance la plus complète de ce qui se passe sont aussi ceux qui sont les plus éloignés de voir le monde tel qu'il est. »
>
> George Orwell, *1984*

Guillaume se sentait de plus en plus seul. Fort heureusement, il parvenait encore régulièrement à se convaincre qu'il excellait dans son métier d'enseignant. Un évènement allait d'ailleurs le lui prouver définitivement. Son principal décida en effet de le récompenser en lui octroyant quelques jours de repos bien mérités dans un des plus prestigieux hôtels de l'académie. Guillaume ne refusa pas cette proposition, tant parce qu'il ignorait la fausse modestie que parce qu'il savait reconnaître son propre mérite. Ce séjour l'angoissait un peu, mais son état ne lui permettait pas de le refuser.

Il s'y rendit donc dès le lendemain. Ce palace n'était pas sans rappeler quelques chefs-d'œuvre de l'architecture contemporaine comme la prison des Baumettes. Les couleurs de la façade principale se confondaient avec celle du ciel francilien et formaient avec lui une harmonie qui laissait augurer un séjour plein de sérénité. Chaque série de douze fenêtres était séparée d'une autre série par une bande horizontale blanchâtre et donnait à ce bâtiment des allures de poésie en alexandrins réguliers. Les linteaux étaient très exactement parallèles au sol et coupés en leur milieu par une large fissure qui serpentait le long du mur du haut jusqu'en bas.

Encouragé par la perfection de l'architecture, Guillaume se mit alors, tout en se dirigeant vers le bâtiment, à réciter du Boileau, ce qui eut pour effet immédiat d'éveiller la curiosité de deux autres résidents de l'hôtel qui achevaient leur promenade et dont Guillaume apprit par la suite qu'ils étaient également professeurs de lettres.

Il ne tarda pas à se sentir à son aise dans ce lieu qui accueillait chaque jour des professeurs émérites récompensés par leur chef ou par leurs proches. On ne lui avait, en effet, pas menti sur le luxe qui y régnait : il n'y avait pas moins de trois personnes qui étaient à son service et s'occupaient de lui nuit et jour ; et la nourriture qu'on lui servait dans l'immense salle de réception, appelée curieusement « réfectoire », n'avait rien à envier à la cantine de son établissement.

Tout était parfait dans ce nouveau monde auquel il ne manquait que l'inscription sur le frontispice « Ici, retrouvez toute espérance ». Ses collègues ne lui manquaient pas, car il en avait d'autres, et car il n'avait personne au-dessus de lui pour lui donner des ordres. Seul l'auditoire faisait défaut et l'envie de faire cours commençait à être irrépressible. Il demanda à plusieurs de ses camarades s'ils accepteraient de l'écouter pendant une heure, mais aucun ne s'en sentit capable. Il chercha alors, au cours de ses promenades matinales, à placer une réflexion sur le symbolisme ou à donner quelques indications biographiques sur Baudelaire, mais ses acolytes, trop frustrés de ne pouvoir exercer leur métier, ne se taisaient que pour voir l'effet que leur monologue sur le romantisme ou sur *Demain dès l'aube* avait produit.

Ainsi, chaque matin, au cours de leur promenade, Guillaume et ses amis lançaient vers le ciel leurs explications de texte et déclamaient leurs vers à la nature. Guillaume revenait de ce périple essoufflé, mais libéré.

Pourtant, au bout de quelques semaines, cela ne lui suffit plus. Très tôt le matin, il se rendit à la salle de réunion, déplaça quelques chaises et là, devant un parterre silencieux, mais médusé, il délivra ce qui reste encore à ce jour le plus beau cours de sa carrière.

Lorsque deux heures plus tard, un peu honteux, il confia ce secret à Georges et Philippe, ses deux nouveaux meilleurs amis, il déclencha leur hilarité par sa naïveté. Comment avait-il pu croire qu'il innovait en faisant ce à quoi tout le monde se prêtait dans ces lieux ?

Jamais au cours de sa carrière Guillaume n'avait pu observer d'élèves aussi attentifs que les chaises du premier rang. Cette satisfaction se doublait d'une sorte de griserie d'avoir pu éprouver la même sensation qu'Anne Idéalbo lors de ses meetings.

XXV

> « Depuis des semaines, il se préparait à ce moment et il ne lui était jamais venu à l'esprit que ce dont il aurait besoin, c'était de *courage.* »
>
> George Orwell, *1984*

À défaut de se passionner pour les programmes, les Français se passionnaient pour cette signature, bien aidés en cela par l'emballement médiatique qu'elle suscitait, les présentateurs des chaînes d'info en continu poussant à bout le concept de journalisme d'investigation en invitant en une semaine plus de trois cents personnalités à se prononcer sur la signature d'Untel ou Untel. La haute concurrence qu'offrait pourtant la TNT ne pouvait faire face et Wedy Le Plen, en bon journaliste qu'il était, ne manqua pas d'interviewer les prétendants au titre à la fin, non pas pour ménager le suspense et faire de l'audimat, ce que son intégrité lui défendait, mais dans l'unique but de ne pas privilégier les puissants en ne les invitant que tardivement.

Les candidats étaient devant un choix très délicat. Ne pas signer pouvait laisser croire qu'on était raciste, sexiste, anti-immigration et qu'on faisait partie des dominants, en un mot c'était se condamner au bûcher médiatique. Mais signer, c'était prendre le risque de se couper d'une partie de l'électorat et passer pour laxiste. L'inquisition était telle qu'il était bien difficile pour les athées de passer inaperçus. Les candidats étaient nombreux : Francine Penel, Yannick Shadock – auquel s'étaient finalement ralliées Anne Idéalbo « par pure conviction » et Christiane Tablerase, après avoir découvert qu'il fallait présenter un programme –, Erik Zéneux, Valérie Progresse, Nicolas Dupond-Dupont, Jean-Luc Mélangeons, Philippe Grospoutou, Monsieur Déflinguédérose, Emmanuel Omacron, François Décret et Fabien Cassoulet. Et ce n'était pas tout : de même qu'une Coupe du monde ne peut avoir lieu sans mascotte, une élection présidentielle doit avoir elle aussi son porte-bonheur digne de ce nom et Nathalie Râteau et Jean Leseul s'étant désistés au dernier moment, c'est avec une joie non feinte que tous les électeurs accueillirent la candidature de Jacques Cheminant, qui, plus ambitieux que jamais, n'envisageait pas moins que de doubler son score de 2012.

Ils étaient donc douze à être invités à la table du grand maître, mais ce dernier ignorait encore si l'un des siens le trahirait. La signature ou le refus des uns ne faisant aucun doute, on attendait avec impatience le passage des autres pour scruter leurs réactions. Cette simplification de la campagne était une aubaine pour les journalistes qui s'attelaient chaque jour à créer de nouvelles dichotomies selon leur fameuse devise : « Pour aller d'une idée à une autre, le plus court chemin, c'est le raccourci. » C'était également une aubaine pour les électeurs, qui n'avaient plus à essayer de comprendre les programmes, et pour Francine Penel, Nicolas Dupond-Dupont et Erik Zéneux à qui on servait sur un plateau une occasion en or d'être cohérents avec eux-mêmes.

Pour les autres, c'était parfois un casse-tête. François Décret entendait se démarquer de « l'extrême droite », mais tout en affirmant son intention de faire preuve de la plus grande fermeté dans ses futurs communiqués. Anne Idéalbo, Yannick Shadock, Fabien Cassoulet et Philippe Grospoutou signèrent des deux mains, trouvant là une bonne occasion d'être « marqués à gauche ». Ce fut plus dur pour Jacques Cheminant et Monsieur Déflinguédéroses qui hésitèrent jusqu'au dernier moment sans que personne ne parvînt à se souvenir de ce qu'ils avaient finalement décidé.

Jean-Luc Mélengeons créa la sensation en ne signant pas et en jouant une énième fois son rebelle, critiquant à la fois le principe de l'émission et osant remettre en question l'absence de fond de la lettre.

On était désormais mi-février, il restait un mois avant que les principaux candidats ne se déclarassent, et comme il y avait peu de chance que Francine Penel et Erik Zéneux se contredissent, toutes les attentes se ciblèrent sur Emmanuel Omacron et Valérie Progresse. Or un événement allait bouleverser la présidentielle : les sociétés de sondage, lassées du procès que leur faisaient les politiques depuis le début de la campagne, décidèrent d'un commun accord, à deux mois des élections, de se mettre en grève et de ne plus communiquer un seul sondage concernant la présidentielle. On pensait alors que les différents partis politiques se féliciteraient de cette victoire, mais curieusement, ils déplorèrent cette décision en public comme en privé, car ils perdaient d'un seul coup leur plus grand créateur d'idées.

Pour l'équipe d'Emmanuel Omacron, le défi était double : il fallait à la fois s'affranchir des enquêtes d'opinion et en même temps du « en même temps » qui fournissait depuis près de cinq ans l'essentiel des déclarations et des « idées » du président. Pourtant, à la question : « Le président est-il gêné par l'invitation de M. Le Plen à signer la lettre ? » Gabriel Attali répondit sans langue de bois et en évitant tout élément de langage : « Le président est ravi que des journalistes soient comme lui forces de propositions disruptives et n'hésitent pas à casser les codes et briser les tabous. De plus il a hâte de montrer que sa pensée complexe est toujours en process, car sa résilience n'a d'égale que son agilité.

Rien ne le réjouit plus que la synergie d'actions et l'intelligence collective qui peuvent naître de la confrontation apaisée d'idées dans le respect de la démocratie bienveillante, le tout en condamnant d'avance avec la plus grande fermeté tout excès et tout dérapage. »

Valérie Progresse n'était pas mieux lotie. Elle savait pertinemment qu'il ne fallait pas paraître laxiste pour éviter à ses adversaires de droite de lui prendre des voix, et le bon score d'Erik Giotto au congrès LR le lui avait rappelé. Mais elle craignait aussi les procès en extrémisme.

Trois semaines plus tard, une information de source quasi sûre agita la bourse journalistique toute la journée : le beau-père d'un proche de Gabriel Attali avait en effet confié à l'ami d'un journaliste du *Gallinacé* avoir cru entendre son gendre évoquer la possibilité éventuelle d'un hypothétique refus du candidat Omacron de signer la charte Le Plen. L'information, relayée en boucle par toutes les chaînes d'information et les médias, avait provoqué un vif émoi dans la population française, et, devant le tollé suscité par sa divulgation et les commentaires des hommes politiques de tous bords qui l'accompagnaient, les conseillers de la favorite pour la finale jugèrent que l'opinion publique y était défavorable. Ils conseillèrent donc à Valérie d'opter pour la signature de la lettre. Mais les désaccords étaient vifs au sein du parti au point qu'une réunion de crise avait été convoquée le jour même pour trancher la question. Or, l'emballement médiatique avait tout accéléré, des fuites faisant désormais état d'une signature d'Omacron. Il fallait dès lors se manifester au plus vite en publiant un communiqué avant 20 heures et cela impliquait qu'on prît une décision, une décision compliquée, héroïque même, puisque les instituts de sondage étaient toujours en grève. On choisit donc d'annoncer que la candidate LR signerait la charte. Elle dut porter cette décision comme un boulet pendant toute la suite de la campagne et si elle tenta bien un « Mme Penel et M. Zéneux n'ont pas le monopole du cœur à l'ouvrage » lors d'une allocution télévisée, ce ne fut pas suffisant pour convaincre les sceptiques. Emmanuel Omacron fut lui aussi obligé de se positionner dans l'urgence. L'occasion était belle de se démarquer de Progresse, mais au risque d'être le seul candidat associé à l'extrême droite. Il choisit donc en dernier recours de signer lui aussi.

Wedy vécut cette dernière signature comme une victoire. Pour lui, c'était la justification ultime de son combat, la proclamation définitive de l'unité de la gauche contre la droite et lorsque le candidat du parti de lui-même eut apposé sa signature au bas de sa lettre, Le Journaliste crut bon de déclarer à la victime expiatoire de sa bonne conscience : « Vous pouvez partir la tête haute, car quoi qu'il arrive désormais, même si vous perdez, vous aurez gagné. » Le souverain sacrificateur le salua ensuite non sans lui avoir décerné tour à tour les titres de

Républicain, Démocrate, Anti-raciste, Défenseur de la Moustache, Secrétaire général du Bien, Vecteur des droits de l'homme, Messager de la bonne parole, Intellectuel de centre gauche, Prêtre de l'identité heureuse, Prophète de la Nouvelle France, Archevêque des minorités, Islamophobiphobe et surtout, ce qui lui fit le plus plaisir, Le Pleniste.

Emmanuel Omacron se rendit compte un peu tard qu'il avait sans doute commis une erreur stratégique. Il eut beau s'acharner ensuite sur les antivax et les Gilets jaunes pour tenter de récupérer une partie du vote conservateur, rien n'y fit. Il mit tout en œuvre pour réserver les bureaux de vote aux détenteurs du passe médical en espérant ainsi écarter des populations qui ne voteraient pas pour lui. Mais inexplicablement, le Conseil constitutionnel décida, dans un accès d'intégrité dont il était peu coutumier, de se porter garant des libertés et retoqua la proposition du gouvernement. Il pensa dès lors que la partie était gagnée pour Valérie Progresse. Il se trompait.

XXVI

> « Les enfants ne se gâtent pas moins par des peines mal ordonnées que par l'impunité. »
>
> La Bruyère, *Les Caractères*

Dès sa sortie de l'hôtel, Guillaume se rendit chez sa sœur, Cécile, dont il était très proche. Leur seul point de désaccord concernait l'islamisme qu'elle appréhendait comme une menace réelle pour les femmes tandis que son frère rêvait d'intersectionnalité. Sur tout le reste, ils étaient d'accord.

Cécile était pour Guillaume le modèle parental absolu. Rien ne lui plaisait plus que d'observer les bienfaits de son éducation positive sur son neveu de 5 ans. Il savait que sa réussite reposait avant tout sur sa pédagogie bienveillante, mais il s'étonnait encore des trésors d'inventivité et de patience dont elle faisait preuve pour renouveler ses pratiques. Si elle cédait souvent aux caprices de son fils, elle lui demandait chaque semaine de signer des règles de vie pour le responsabiliser dès son plus jeune âge. Pour le reste, il pouvait exprimer son opinion sur tous les sujets et pouvait même critiquer l'éducation qui lui était donnée, ce qu'il ne manqua jamais de faire par la suite.

Par ailleurs, elle ne cédait jamais à la colère, sachant pertinemment que les « violences éducatives ordinaires » étaient le plus grand fléau du XXIe siècle et elle gardait son calme en toutes circonstances, extérieurement tout au moins : c'était pour elle le gage d'une bonne éducation et elle s'étonnait qu'on pût encore en 2022 prétendre *répondre à la violence par la violence*.

Ainsi, Cécile passait souvent plusieurs heures à expliquer à son fils des choses qu'il savait déjà et qu'il n'appliquait pas davantage, convaincu, par la peine même qu'on prenait à lui expliquer, qu'il y avait sans doute quelque joie particulière à les perpétrer. Étonnée qu'un enfant de 5 ans pût rester insensible à la pertinence de ses arguments et surtout qu'il ne trouvât pas en lui-même de quoi éprouver la honte et le regret qu'on l'invitait instamment à ressentir, elle éprouvait toujours, après les crises de nerfs de celui-ci, un ressentiment sourd et violent, une colère contenue et frustrée, une rage inavouable, car cet aveu aurait réduit à néant toutes ses belles idéologies. Et ses sentiments étaient enfouis sous une telle couche de culpabilité mêlée de déni qu'il aurait fallu une grande clairvoyance pour les déterrer. Fort heureusement, elle en était dépourvue.

La réussite de cette pédagogie n'était de toute façon plus à démontrer. Celle-ci fonctionnait si parfaitement qu'elle n'avait jamais levé la main sur sa progéniture et n'avait crié en tout et pour tout que deux fois depuis sa naissance. Seul son fils ne parvenait pas encore à appliquer la méthode avec constance. De son côté, elle excellait et compensait à merveille ses manquements en faisant preuve d'un grand sang-froid chaque fois que son rejeton l'insultait ou la tapait.

La jeune femme s'intéressait également de près aux « études de genre », et non « théorie du genre » comme le disaient bêtement ceux qui s'imaginaient que derrière des études aussi scientifiques pouvait se glisser une quelconque idéologie. Convaincue que tout était construction, elle faisait d'ailleurs tout son possible pour lui donner une éducation non genrée et avait appelé son fils Camille pour prévenir tout éventuel changement d'identité. Cela faisait des années qu'elle s'évertuait à ne donner à son *enfant né garçon* aucun indice sur son sexe ni à faire aucune remarque qui aurait pu l'enfermer dans une conception trop hétéronormée du monde. Les résultats étaient si probants que Camille était bien incapable de dire s'il était un garçon ou une fille, ce qui emplissait sa mère d'une grande fierté.

Pour elle, il était *tout à fait naturel* qu'il joue autant aux petites voitures qu'aux poupées, mais voyait dans le fait qu'il délaisse parfois les premières pour les secondes la preuve irréfutable de l'affirmation du genre féminin. De même, à ses yeux, le choix des vêtements et des couleurs était asexué par essence, mais cela ne l'empêchait nullement de demander à Camille si iel·le se vivait comme fille à chaque fois qu'iel·le mettait du rose. Guillaume admirait sa sœur. Il était lui-même convaincu que la fessée était à l'origine du désastre éducatif qu'il constatait chaque jour dans les différents établissements dans lesquels il avait eu le bonheur d'être envoyé.

Il pensait aussi, en accord avec Cécile, que cela serait une richesse pour ses futurs enfants de grandir dans une société multiculturelle et l'occasion pour eux de devenir, après Montesquieu, des « citoyens du monde ». Mais cette mixité s'arrêtait précisément devant les murs de l'école et aucun enfant des classes moyennes ne fréquentait l'école primaire Montessori dans laquelle elle avait inscrit son fils.

Ils étaient tous les deux d'accord pour dire que les contes n'étaient pas du tout adaptés aux enfants tant ils véhiculaient des valeurs d'un autre temps et exposaient les enfants à des *contenus violents et inappropriés*. D'ailleurs, ce soir-là, Guillaume ne résista pas au plaisir de raconter une nouvelle fois à son neveu une histoire de sa composition :

Il était une fois un prince noir homosexuel musulman prisonnier dans son château. Heureusement, un jeune prince asiatique queer qui vivait non loin de là le délivra à l'aide d'animaux qu'il avait refusé de manger par antispécisme et par volonté de ne pas polluer. Les deux princes se marièrent grâce à l'adoption de la loi sur le mariage pour tous et Christiane Tablerase leur fit l'honneur d'être leur témoin. Ils ne firent jamais d'enfant pour sauver la planète et éviter de la surpeupler tout en la préservant d'une nouvelle empreinte carbone. En revanche, ils adoptèrent un Asiatique pour ne pas perpétuer le privilège blanc et ils lui enseignèrent le bouddhisme par l'entremise d'un moine Shaolin pour éviter toute appropriation culturelle. Ils vécurent heureux dans l'ouverture aux autres et le progressisme.

XXVII

« Le premier instrument du génie d'un peuple, c'est sa langue. »

Stendhal,
Des périls de la langue italienne

Guillaume était bien incapable de dire s'il allait mieux tant il avalait de médicaments depuis des semaines. Mais il reprit goût à la campagne présidentielle en tombant sur une tribune *radicale* de Sandrine Cadet-Rousselle publiée dans *Le Globe* :

Mon womanifeste, par Sandrine Cadet-Rouselle

Si l'on veut que chacun puisse vivre normalewoment, on ne peut se contenter de militer ou de womanifester, il faut transformer profondément le langage. Pour instaurer une nouvelle Matrie véritablement égalitaire et changer notre merception du monde. Ce n'est qu'à cette condition que l'on pourra éviter que la communauté nationale se fissure et se fillure. Ce n'est qu'ainsi que les serveurs cesseront de perpétuer le système patriarcal et la culture du viol en ne nous proposant jamais de womenthe à l'eau. Ou qu'on rebaptisera l'opéra de Bizet *Carwomen* afin de rendre plus inclusif notre matrimoine.

Nous ne pouvons accepter les offenses continues et les micro-agressions merpétuelles du langage et de tous·tes celleux qui ne bitent et ne chattent rien au problème. Cela participe d'une démarche totalement malhonnête et sûrement pas femellhonnête. De même que prétendre que l'humour ne merpettrait pas de faire merdurer la mysoginie. Ou que les typologies et les nanalogies n'auraient aucune espèce d'influence sur la société. Noues avons suffisamment merdu par le passé, la peur doit changer de camp et habiter celui des collamoches du patriarcat. Heureusement, nous allons tout changer fissa et filla et nous sommes déjà en train de gagner le com·nne·bat.

Certes il y a encore, comme le disait si bien Jimmy Cliff, « *womany rivers to cross* » avant que les hommes arrêtent de penser que toutes les femmes sont des Céliwomène et il faut encore qu'on se déwomène et qu'on mersévère avant d'atteindre notre but : celui de briser pour de bon l'omerta afin d'instaurer la femmerta.

Mais pas besoin d'être un·e chaman·woman pour voir où tout ça nous womène : l'hywomen éternel entre les êtres et la fin officiel·le de la womanipulation. Pour un futur plus sœurternel. Et mérenne. Ainsi soit iel·le. Amen et awomen.

Outre l'adoption de l'écriture inclusive et le bannissement des insultes sexistes et homophobes chères aux catéchumènes et womènes du patriarcat parmi lesquel·le·s je compte Ewo·man·uel·le Omacron, je propose de transformer la langue en profondeur et de dépoussiérer notamment nos expressions séniors pour les rendre à la fois plus inclusives, bienveillantes, contempo·reines et mertinentes. Je donnerai ma voix au/à la candidat·e de gauche qui osera proposer cette réforme et qui donnera à la sororité la femmenipotence qu'elle mérite.

Voici quelques exemples de changements. Il s'agit bien évidemment d'une liste non exhaustive :

Si ma tante en avait on l'appellerait mon oncle / Si ma tante en avait, on l'appellerait quand même ma tante.

Il ne faut pas vendre la peau de l'ours avant de l'avoir tué / Il ne faut pas vendre la peau de l'ours avant qu'il soit mort de vieillesse

Une truie n'y retrouverait pas ses petits / Un porc n'y retrouverait pas ses victimes de harcèlement

Avoir tué père et mère / Avoir tué parent 1 et parent 2

Avaler la pilule / Partager la charge parentale avec son conjoint

Gibier de potence / Viande froide de steak de tofu

Qui trop embrasse mal étreint / Qui trop embrasse doit être dénoncé sur Twitter

Se ressembler comme des frères / Se ressembler comme des ouvrières de sororité

Avoir la frite / Avoir la pomme de terre cuisinée maison et sans huile d'arachide

Entrer sans frapper / Entrer sans commettre un féminicide

Enculer les mouches / Circluser les diptères par la deuxième voie

Souffler le chaud et le froid / Souffler le dérèglement climatique et la lutte contre le CO_2

Un temps de chien / Un temps de partisan d'extrême droite

À la droite du père / À la gauche de la mère

Lancer de nains / Lancer de demi-stigmatisés

Cousu de fil blanc / Cousu de fil dominant systémique

Un froid de canard / Un froid de victime du génocide des fêtes de fin d'année

Passer l'arme à gauche / Passer l'arme dans le camp du bien

Ce que femme veut, Dieu le veut / Ce que sorcière veut, Gaïa le veut

L'homme est un loup pour l'homme / Le misogyne est un harceleur pour le patriarche

S'en battre les couilles / S'en astiquer le clitoris

Envoyer à l'abattoir / Contacter L.214

Qui vole un œuf vole un bœuf / Qui vole du soja bio vole du faux gras végan

Un homme averti en vaut deux / Un genderfluid vaut deux hétéros

Gros comme une maison / Gros comme un habitat durable en communauté partagée

Chasse aux sorcières / Chasse aux féministes bienveillantes et inclusives

Avec ma bite et mon couteau / Avec ma vulve et mon clito

XXVIII

« La fatalité veut que l'on prenne toujours les bonnes résolutions trop tard. »

Oscar Wilde,
Le Portrait de Dorian Gray

Le grand soir du premier tour arriva enfin. Dans sa minuscule chambre, Guillaume attendait 20 heures avec une impatience mêlée d'angoisse. Il souhaitait bien sûr que M. Grospoutou fît le meilleur score possible, mais il désirait peut-être encore davantage que Yannick Shadock fût au deuxième tour. Or, trois facteurs pouvaient avoir joué en sa défaveur : le nombre de candidats qui favorisait l'éparpillement des voix, sa décision de signer la lettre de M. Le Plen « sans restriction » et, enfin, l'absence de sondage depuis plus de deux mois qui ne pouvait permettre aux électeurs de savoir s'il fallait d'ores et déjà voter « utile » dans l'optique d'un deuxième tour.

La déception de Guillaume fut à la hauteur de ses craintes.

Francine Penel fut créditée de 21 % des voix, suivie à la surprise générale d'Erik Zéneux à 19 %. Emmanuel Omacron rata de près la marche avec 18 % des suffrages, Valérie Progresse ne put faire mieux que 15 % et Yannick Shadock émergea à 11 %

La mayonnaise ne prit pas complètement pour Jean-Luc Mélangeons qui obtint, entre les voix des communistes et celles des anticapitalistes, un pot-pourri de 8 %.

Malgré son statut de novice et ses déclarations parfois candides, Fabien Cassoulet montra qu'il avait du gaz et obtint 4,4 % des suffrages.

M. Dupond-Dupont faillit être Tintin, mais sa candidature *ad hoc* visait bien plus loin que le score de 1,2 % qu'il atteignit.

Peu d'électeurs mordirent à l'hameçon de M. Déflinguédéroses qui fut toutefois content de ne pas revenir bredouille de sa campagne avec 2 % des voix.

M. Grospoutou fut ravi de voir son projet embrassé par 0,3 % des électeurs.

La campagne ne fut pas une promenade de santé pour M. Cheminant qui fut loin de se balader, mais fit tout de même son petit bonhomme de chemin et faillit atteindre son objectif avec 0,1 % des voix.

Hélas la campagne coûtait cher et tout le monde n'avait pas le physique de rockstar de Balladur pour espérer vendre autant de T-shirts que lui. Plusieurs candidats durent ainsi très vite trouver des soutiens pour éviter la ruine.

Ces résultats firent dire à Guillaume, qui décida d'aller dîner chez sa sœur que, décidément, les Français étaient racistes et que les discours d'Erik Zéneux n'avaient fait qu'amplifier ce phénomène.

Sur la route, Guillaume reçut un message de Louise qui le fit tressaillir. L'espace d'un instant, il tutoya la joie éprouvée par Roselyne Bachelot lorsqu'elle cale une réunion de travail dans son agenda. Mais l'extase fut de courte durée. Le message était collectif et appelait à un rassemblement devant l'Assemblée nationale pour annuler le vote et faire triompher la démocratie. Passé du statut d'amant à celui de simple destinataire collectif et allié objectif, il mesura l'abîme qui le séparait désormais de celle dont il était encore épris.

Il se sentait triplement trahi : par Louise, incapable de l'aimer comme il le méritait, par la gauche, incapable de rassembler au-delà du centre de Paris, et par les Français, incapables de voter comme il faut.

XXIX

> « L'ennemi du moment représentait toujours le mal absolu et il s'ensuivait qu'aucune entente passée ou future avec lui n'était possible. »
>
> George Orwell, *1984*

L'atmosphère de cette fin de campagne était délétère. Il y avait eu notamment au cours des derniers jours plusieurs églises profanées et on avait retrouvé de nombreux tags antisémites dans plusieurs grandes villes de métropole. Mais Guillaume n'était pas dupe pour autant et avait toujours à l'esprit, grâce à Wedy Le Plen, que l'*islamophobie* était le danger numéro un en France juste derrière l'arrivée au pouvoir d'Erik Zéneux.

Guillaume avait annoncé à tout le monde qu'il quitterait la France « sans hésitation » si l'un des deux candidats d'extrême droite accédait à la présidence. Mais il ne voyait pas bien désormais où il irait. Il s'apprêtait à regarder les déclarations des finalistes d'un œil distrait lorsque sa sœur l'appela pour passer à table.

L'ambiance était tendue devant le QG de Francine Penel et celui d'Erik Zéneux. À la foule de supporters s'était mêlée une cohorte de vrais démocrates qui contestaient la validité de leur qualification. À la télé et sur Internet, les commentaires fusaient de toutes parts et des appels à la sédition étaient lancés. Jean-Marie Penel se souvint tout à coup qu'il aimait sa fille et Manuel Valse tenta de se rallier *in extremis* à Erik Zéneux. De son côté, Wedy Le Plen se consolait de cette défaite cinglante de la démocratie par la jubilation d'avoir eu raison et la satisfaction d'asséner qu'il l'avait bien dit, que ce n'était pas faute d'avoir mis en garde contre le retour des années trente, et du climat nauséabond que son odorat délicat, malgré l'obstruction de ses moustaches, lui permettait de humer à plus de quarante kilomètres à la ronde.

Erik Zéneux parla le premier et sa déclaration se voulait déjà tournée vers le second tour. Loin de se féliciter de sa qualification, il rappela à quel point il était plus français que sa rivale puisque malgré ses origines allemandes, il avait appelé son chien Raymond et sa perruche Aristide. Il annonça également qu'il s'adressait « à tous les Français sans exception » et précisa qu'il n'avait « rien contre les musulmans du moment qu'ils ne s'intéressaient pas à l'islam ».

Lorsque la présidente du RN parut sur scène, une immense bronca, dans laquelle il était difficile de distinguer les vivats des quolibets, parcourut l'assistance. Pendant de longues minutes, elle fut obligée d'attendre que l'auditoire se calmât. Et lorsqu'elle crut pouvoir parler, une énorme clameur, encore plus forte que la précédente, retentit à nouveau dans le ciel de la capitale. Mais celle-ci ne laissa pas la possibilité à Francine Penel de reprendre la parole et emporta tout sur son passage. La soudaineté de la déflagration et la concomitance avec le vacarme précédent empêchèrent pendant de longues secondes une grande partie de la foule de comprendre qu'il s'agissait d'un attentat.

Les islamistes avaient parfaitement orchestré leur attaque et avaient frappé également le QG d'Erik Zéneux qui s'en tira moins bien que sa désormais ex-rivale. Ce fut le début d'une véritable révolution sur les réseaux sociaux. Ce n'était même plus la peine de chercher des circonstances atténuantes aux terroristes : elles étaient là, devant nos yeux, la qualification des deux candidats étant considérée par beaucoup comme la provocation ultime faite aux musulmans. Condamner cet acte, c'était accepter de défendre l'extrême droite. Or une partie de la classe politique et médiatique le répétait à l'envi depuis plusieurs années maintenant : le danger numéro un, ce n'étaient pas ces gens qui se contentaient d'exterminer çà et là quelques innocents, c'était Francine Penel et Florian Flippant, Robert Menace mais aussi Erik Zéneux, Pascal Amateur et Ivan Vitriol, bref *la droite et l'extrême droite*. Beaucoup de Français refusèrent de porter le deuil de quelques dirigeants RN, d'Erik Zéneux ainsi que d'une partie de *ces débiles qui avaient mal voté*. Il faut dire que les hashtags #JesuisErik et #JesuisFrancine, lancés à peine cinq minutes après la mort de l'éditorialiste, ne favorisaient pas la nuance. Un tweet de Sandrine Cadet-Rousselle accusait l'un des policiers ayant donné sa vie pour mettre hors d'état de nuire un djihadiste de « mansplaining » sous le prétexte qu'il était intervenu sans demander l'avis de sa collègue prise en otage : « Comme d'habitude, les hommes flics jouent les héros et invisibilisent les femmes #mansplaining ». Caroline de Pussie répondit aussitôt : « C'est la preuve, une fois de plus, que la police – comme la justice – ne fait rien pour les femmes #oncontinuelecombat ».

Tous ceux qui s'étaient retenus jusque-là, par peur de passer pour racistes pour les uns, par volonté d'exemplarité pour les autres, se retrouvèrent finalement dans la haine dont ils s'affublaient depuis le commencement. Pour les premiers, ne pas défendre les finalistes de l'élection présidentielle c'était viser à la fois la République et la nation. Pour les autres, se ranger du côté de Francine Penel et Erik Zéneux, c'était avouer qu'on avait voté pour eux et par conséquent confesser son nazisme. L'ennemi était enfin à découvert, on pouvait tirer sur lui en toute bonne conscience.

Cet attentat renvoyait dos à dos ceux qui affirmaient que l'accession à la présidence d'Erik Zéneux était le seul moyen d'empêcher la guerre civile et ceux qui pensaient que son avènement la déclencherait. C'est en définitive sa mort qui allait la précipiter.

FIN

« [La troupe] n'aimait pas l'image de ce qui venait au-devant d'elle : cette bataille en fin de compte probable vers laquelle elle marchait avec le mol enthousiasme d'un percheron entre ses brancards : dès qu'elle sentait les rênes faiblir, elle piquait du nez dans l'herbe des bas-côtés, y cherchait les rêves de l'autruche dans le sable. Et sous cette neige molle, qui lissait la terre et brouillait les traces, il lui poussait l'illusion vague de se faire invisible, de donner le change au destin. »

Julien Gracq, *Un balcon en forêt*

Remerciements

J'aurais pu remercier tous ceux qui m'ont aidé à écrire ce livre mais en vérité personne ne s'y est intéressé et je n'avais quoi qu'il en soit nulle intention de m'entourer de cuistres.

J'aurais pu remercier ceux qui m'ont donné envie d'écrire comme Baudelaire, Giono, Gracq ou Katherine Pancol mais j'ai trop de respect pour la littérature et les excréments.

J'aurais pu établir une longue liste de prénoms comme le font beaucoup d'écrivains qui écrivent leur premier livre en expliquant que « rien n'aurait été pareil sans la précieuse contribution et le non moins précieux soutien de Fabrice, Sidonie, Jean-Jacques, Ulysse, Eudes, Jules, mes parents que j'embrasse, Estelle, ma sœur de cœur, Paul, ma boussole, Sylvie, ma muse, Clément, mon double, Victor, le voisin du sixième qui m'a souvent aidé à porter les courses, le professeur Gautier, le docteur Henri et la mère Michel ». Mais l'ingratitude des gens est telle que ces viles flatteries, loin de combler leur narcissisme, n'auraient servi qu'à exciter leur jalousie tout en révélant le vide abyssal de leur existence étriquée. (Surtout Jules qui se la joue cool mais est un vrai connard.)

Quant à ceux qui n'auraient pas été cités, ils auraient inondé les réseaux sociaux de leur aigreur fielleuse et du ressentiment inhérent à leur insignifiance. Dans leur colère, certains n'auraient pas hésité à m'accuser de toutes les fautes que j'ai réellement commises et que j'aurais dû faire semblant de regretter pour qu'on fasse semblant de me les pardonner.

Par conséquent, je préfère, et de loin, remercier la seule et unique personne qui compte à mes yeux, celle qui a toujours été là dans les moments difficiles et dont le génie créateur n'a d'égal que la complexité de la pensée : Gilles Le Gendre.

Composition et mise en pages
Nord Compo à Villeneuve-d'Ascq

CET OUVRAGE
A ÉTÉ ACHEVÉ D'IMPRIMER
SUR ROTO-PAGE
PAR L'IMPRIMERIE FLOCH À MAYENNE
EN AVRIL 2022

N° d'impression : 100362
Imprimé en France